宇宙に花火を。

松井尚斗

KADOKAWA

宇宙に花火を。

装丁　名和田耕平デザイン事務所
（名和田耕平＋小原果穂＋澤井優実）
装画　浮雲宇一
ＤＴＰ　三光デジプロ
校正　鷗来堂

0

開いた教室の窓から、火照った身体《からだ》を冷ます風が吹いてくる。窓際では白くて大きなカーテンが揺れる。普段の授業なら思わず眠くなるような空気が漂っているが、今日は違う。それどころか、ワクワクしながら自分の番を待つ。

前の席の柴田浩輔《しばたこうすけ》が発表を終え、クラスメイト、先生、そして後ろに立っている保護者たちが拍手を送る。

今日は空《そら》が通う羽斗《はねと》小学校の授業参観日だった。国語の授業で、それぞれが作文を発表する。

テーマは「将来の夢」。

「はい。ありがとう。いいね浩輔！　プロ野球選手！　でももう4年生なんだから、野球だけじゃなくて授業中は勉強を真剣にやってね。ねぇお母さん」

先生が浩輔に語りかけながら浩輔のおばちゃんの方を見て同意を求める。その瞬間、クラス中からドッと笑いが起きた。男子のほとんど全員と、一部の女子がクルリと体勢を変えて保護者の方を見ると、浩輔のおばちゃんが「うんうん」と頷《うなず》いていて、さらに笑いが起きた。

「はい次。空！」

「はい～」

先生に指名された空はあえてだるそうな返事をして立つ。

「え～」

作文用紙を前に掲げ、まさに読み上げようとした瞬間、

「僕の夢は女子にモテまくることですっ」

と、浩輔がわざと高い声を出して、いかにも空が言っているかのようなフリをした。

クラスからさらに笑いが起きた。

空は「やめろや！　違うわ！」と笑いながら浩輔の背中を叩《たた》く。

「はーい。人の発表の邪魔はしないよ～」

先生が仕切り直して、徐々に空気が戻る。

「え～、〝将来の夢〟　4年2組福嶋《ふくしま》空」

名前までを言い切った後に、少し周りに目をやる。クラスのみんなが自分を見ている。

空は、自信ありげに続けた。

「僕の将来の夢は、宇宙に花火を打ち上げることです。遠くに住んでいる人も全員、空を見上げると花火が見えるようにします。そうして、世界の全員を笑顔にします」

ここまで言い終えると、また作文から目を離し、周りを見た。クラスメイトはみんな、特に変わりなく空を見ていた。

夢を告げた瞬間に「すげー！　ヤバい！　さすが空！」と、大歓声が湧くと信じていた空は、「あれ？　聞こえてなかったのかなあ？」と疑問を抱く。すると、空とは反対側の席に座っている西川《にしかわ》が声を張り上げた。

「えっ！　えっ！　無理やねんで！　宇宙って空気ないから燃えへんねんで！」

西川はクラスで一番のお調子者で、自分の知っている事を披露したくてたまらないといった顔をしていた。

西川の言葉の後、クラスの数人が笑った。数人が笑うと、つられるように、クラス中から小さな笑いが重なっていく。

「てか顔上げたら全員見れるってそれ、どーんだけ大きいロケットやねん！」

笑いが起きたことで嬉しくなった西川は続ける。さらに数人が笑った。

「はーい！　西川黙れ！」

先生が西川に厳しく注意すると、またクラス中が笑った。西川は止まらず「しかも全員が顔上げたらって、地球丸いねんから反対側の人見れへんやん！　こうやって、見ないとあかんのちゃう⁉」と言い、席を立ち、股のぞきをしてみせた。その瞬間、クラスからは割れるほどの笑いが起きた。

授業参観というイベントで見事に笑いをとった西川はとても嬉しそうで、他の男子も西川に続けと「空！　諦めろ！」「意味不明な夢やん！」などの声を張り上げ、女子は大きく笑う。西川と同じポーズを取るものも数人いた。

空は1年生の頃から、クラスで笑いをとることが大好きだった。西川のことは勝手にライバル視していたが、そんな西川が笑いをとることも嬉しかったし、2人で一緒にふざけ合ったりもした。さっきの浩輔のイジリにも「やめろや！」と強めにツッコミを入れたが、内心では「よくやった！」と思っていた。

とにかくみんなの笑顔が好きだった。

そんな空が、この瞬間だけは、喜ぶことができなかった。いつもと同じクラスの笑い声、みんなの笑顔なのに、空には胸が締め付けられる感覚があった。理由は分からない。

「反対側でも花火打ち上げたら良いいんじゃないいん⁉　分身の術！　ってやって！」西川が

忍者のポーズを取りながら、また叫ぶ。

その時、「バン！」と黒板を強く叩く音がした。

笑っていたクラスメイトが一気に怯《おび》える。先生が、黒板に叩き終えた手を添えていた。

「いい加減にしなさい！」先ほどまで何度も言っていた言葉が、はじめて全員の耳に届く。

「友達の夢をケラケラ笑うな！」と先生は大きな声で怒鳴った。

クラスに静寂が訪れた後、西川が「やってしまった」という顔をして、「空、ごめん」と言った。空はすぐに「え！　全然！」と空元気《からげんき》で返す。無理をした笑顔だと、西川に伝わってしまったかもしれない。

先生が「西川だけちゃうで。全員や。友達の夢笑うなんて最低やで。まだみんなは子供なんやから、どんな夢持っててもいいの。空、大丈夫やからね」と、空の方を見て笑ってくれた。

空は「はい」と返事をする。笑いが起きている瞬間は辛《つら》かったが、終わってしまうと別の恥ずかしさがある。

空が作文用紙を持って続けようとした、その時。

「バカモン！」

大きな声が教室に響いた。

今度は教壇ではなく、後ろからだ。

空にとっては聞き覚えのある声だ。見渡すとクラスの全員が、振り返っていた。みんなの視線の先にいたのは、鬼のような形相をした空の爺《じい》ちゃんだった。


空は「怒られるのか？」と怯えたが、爺ちゃんが見ているのは、先生だった。

「なんじゃ、まだ子供だから、どんな夢を持っててもいいいって。空の夢が何かおかしいんか！　どんなってなんじゃ！　子供やなくなったら、持ったらあかん夢なんか！」

爺ちゃんは寡黙な性格で、ほとんど人と会話することはない。毎年9月に花火を打ち上げている地元では有名な花火職人で、つい1か月ほど前にも地元の花火大会でみんなを魅了したばかりだ。その時に見せていた優しく穏やかな笑顔の印象があったので、友達はみんなびっくりしていると思う。空も、怒られることはよくあったが、ここまで本気で叫んでいる爺ちゃんを見たのははじめてだった。

「すみません。そういう訳ではないのですが」

先生がすぐに謝った。たしかに、先生は可哀想《かわいそう》だ。空のことをかばって怒ってくれたというのに。

それでも、爺ちゃんは止まらない。

「なんで先生が！　凄《すご》いね！　って！　できるよって言ってやらんのじゃ！」

また叫びはじめたのを見て、爺ちゃんの隣にいた空の母親が痺《しび》れを切らした。

「もう、お父さんやめ！　捉え方やないの！　すみません。連れて行きます」

と言って、爺ちゃんを引っ張って廊下へ消えていった。


クラスは静まり返った。

先生は「ごめんね」と空に謝った後、後ろの保護者たちにも謝罪をしていたが、気まずい雰囲気は変わらなかった。「あ！　間違えました！　僕の夢は女子にモテまくることです！」って言えばウケるかも？　と思ったが、廊下にいる爺ちゃんに聞かれたら帰ってからタコ殴りにされる気がして、やめた。

それでも、笑いが起きた時に感じた嫌な気持ちは、空の心の中からなくなっていた。

1

大学生活には、就職活動時期が存在する。3年生から4年生に進級し、学生たちの個が群へと変化する。

古着とギャンブルが大好きなロン毛パーマの男子学生は、爽やか黒髪短髪好青年となり、不特定多数の女性を口説き落とすことで自己肯定感を高めていた明るめ茶髪のセンターパート男子学生は、爽やか黒髪短髪好青年となり、元々爽やか黒髪短髪好青年だった者は、前よりちょっと眉毛を整える。

個性をふんだんに表現し合って楽しんだ3年間の大学生活にも、そろそろ切り替えないといけない空気が漂う。

「周りと一緒はダセェ」という風潮も「まだ周りに合わせられない奴《やつ》はヤベェ」へと急激に変わる。

そんな一斉風潮変動の就職活動においては、見事に対応し、あらゆる面接を勝ち抜く派と、変化に戸惑い、切り替えることができず、後れをとる派に分かれる。福嶋空は紛れもなく後者だった。いや、後者ですらないのかも知れない。

空は、府内トップレベルとまでは行かないが、そこそこ学力のある関橋《せきばし》大学に通っていた。高校までは学校の授業を真面目に聞いていなかったような空が、受験期に苦労してなんとか入学したまでは良かったものの、大学に入ると遊びの楽しさが先行してしまい、授業をサボることが増えた。

1年生の頃は、たまに授業をサボる程度で、サボって遊びに行くと、友人たちから「さすが！」と嬉しそうに言われた。そうするうちに友達が増え、色んな友達と出掛けるようになると、だんだんと授業に出る回数を遊びが上回った。

2年生の頃、勉強していなかったので単位を諦めたテストの日に、テストを受けず海に行ったSNS投稿をすると、友人たちから「テスト飛ぶのはおもろすぎ」とメッセージが来ていた。それが3年生後期頃から急に「空、お前マジでやばくない？」という心配の声をかけられ、気がつくと周りの友達とは圧倒的な単位の差をつけられていた。

急いで授業と勉強に取り組み、なんとか後期はいつもよりは単位を取れたが、それでも4年生の1年間ではほとんどフルで単位を取得しないと、4年での卒業には至らない。留年の危機である。もちろん、就職活動の準備もほとんど行っておらず、友達の数人はインターンシップなどに行っていたことを後から知った。

就職活動が本格的に始まると、空も適当に見つけた営業職の面接をいくつか受けたが、未《いま》だ内定の通知は来ていない。いつかの面接官に「熱量がないね。本当にやりたいのか、伝わってこない」と言われたこともあった。

〝やりたいこと〟。

大学生のみんなが当たり前のように髪を黒色で覆い、口を揃えて営業がなんだと〝やりたいこと〟を喋《しゃべ》りはじめていることに違和感も覚えていた。とは言え、何もしない訳にもいかないので面接や授業に取り組んだが、就職活動と重なったこの時期に単位が取れていないのは絶望を意味していた。

結果として、4年生前期のテストは勉強時間が足りず、ほぼほぼ落単が確定していた。

そこで空は秘策を打った。かっこよく言うと〝秘策〟。かっこ悪く言うと〝カス行為〟。普通に言うと〝カンニング〟である。

空は試験にカンニングペーパーを用意した。結果から言うと試験監督にバレてしまったのだが、そのバレ方が非常にもどかしい。

空には、大学1年生の頃に出会った喜多村雄也《きたむらゆうや》という友達がいる。雄也は優しい男だ。出会ったのは4月、まだ各授業はオリエンテーションなので「どのような授業をしていくか」の説明を教授が行っていた。たまたま隣の席に座っていた雄也と、彼女はいるのか、可愛《かわい》い子はどの学部にいたか、などたわいもない雑談をしていた時、オリエンテーション用のレジュメに太字で書かれている「試験は7月23日」という文字に赤線を引きながら「太字ってことはテストに出るかもな」と本気で言っていた雄也に心を摑《つか》まれた。

以降、毎日一緒に過ごすほどではなかったものの、学校で会うと一緒に学食で食べたり、半年に一度ほどは遊びに行ったりもしていた。空がはじめてできた彼女にフラれて落ち込んでいた際は一緒にカラオケに行き、フライドポテトを奢《おご》ってくれた。とにかく優しい男だ。

カンニングペーパーを持ち込み、バレない見方のイメージトレーニングも完璧に終え、試験会場で堂々と座っていた空の左後ろに雄也は座った。雄也は空に気づくと、嬉しそうな笑顔で「空！　席近いな！」と言っていた。

聞くと、雄也もこのテストは勉強時間が足りなかったらしく、単位を取れる見込みがないらしい。雄也が困っているならば助けるしかない、と思った空は、カンニングペーパーの存在を明かし、試験後半になったら書き終えた答案用紙が見えやすいように座るから、上手《うま》く書き写すよう伝えた。雄也はとにかく嬉しそうだった。

試験後半、空は作戦通り無事カンニングを遂行した。怪しまれることなく試験用紙に記入を終えた空は、約束通り答案用紙を左側にズラし、身体を右後ろに倒すようにイスの背もたれに寄りかかり、腕を組んだ。見えてはいないが、左後ろからシャーペンの芯を出す音が聞こえた。その直後、左後ろからはっきりと声がした。

「空ありがとう！」

雄也の声は、教室中に響いた。教壇を見ると、試験監督がめちゃくちゃこちらを見ていて、ありえないほど目が合った。

結局、細かい身体検査が行われてカンニングペーパーがバレた。自分も雄也もその学期の試験は全教科0点扱い。そして、現在に至る。

空は、学生課という、名前は聞くがほんとにそんなに仕事量あんのかよと思える謎の組織に呼ばれた。

顔も見たことのない受付のおばちゃんにめちゃくちゃ説教された。「君ありえないよ。社会に出る自覚ないの？」と。

その後「こんな場所あったのか」と思う、3年通っても来たことのない棟の部屋にて待機させられていた。今から学生課の副長が来るらしい。

ガチャッ。来た。扉が開き副長が来た。

副長は40代くらいの清潔感のある男性だった。副長という肩書きからもっと髭面《ひげづら》の、社会的地位を得ていそうなおじ様を想定していた。

「えー、福嶋空くん。聞いたと思うけど、カンニング行為は全教科0点扱いです。残念だけど今期の単位は見込めません」

副長は淡々と業務をこなすように伝えた。

「どうにかならないですかね。本当すみません」

「あ、ならない。それみんな言うけどね、なったことないから。決まりだから仕方ない。後期また頑張ってください」

「いや、僕卒業できなくて。就活も面接進んでる企業とかあるんで」

「それは知らない。とりあえず、学生課から言えることは、社会に出ても恥ずかしくないような自覚ある行動をとってください。今日はまだテストある？」

「あ、一応少人数クラスの発表が」

「じゃあもう行って良いよ」

「単位ないの決まっても出た方が良いんですか？」

副長は呆《あき》れた目で空を見た後「自分で考えなさい。あと、親御さんには連絡するので」と言って部屋を出た。あっさりと帰らされた。

一応マナーモードにしていたスマホを確認すると、同じフットサルサークルの友達である秀一《しゅういち》から「食堂にみんないる」と連絡が届いていた。

通い慣れた学内の道を歩き、食堂へと向かう。去年の秋頃の学園祭の看板たちが未だ壁側に立てかけられていたのを見ても、あの頃と今が同じ世界だとは感じることができなかった。

食堂につくとその場にいたサークル仲間たちに迎えられた。「来たー！　空！」みんなが会話をやめて、一斉に空へ注目が集まる。その表情は、心配しているのではなく、笑顔に溢《あふ》れていた。

空は少しの沈黙で注目を集めたあと「全科目0点でーす！」と右手を掲げて叫ぶ。サークル仲間は声をあげて「空最高！　おもろすぎるお前！」と笑っていた。呼び出されて何があったのか一通り話し終えると、数人は「ほんまにどうするん？　進路」と、心配の声をかけてくれたが「いやーなんとかなるやろ」と返した。実際は自分でも、どうすれば良いのか分からず焦っていたが、場の空気的に「悩んでいる」ような真剣な顔はできなかった。

「もうさYouTuberなればええやん！　空好きやんYouTube」秀一が舌を巻きながら言う。横に座っていた秀一の彼女である美咲《みさき》は「やば〜」と笑う。

空は大学生になってからいろんなYouTube動画にハマっている。YouTuberへの憧れは少なからずあったが、本気で仕事にするなんて到底考えることはできない。

「なんやったっけ。空が好きなYouTuber」

向かいの席に座っていた絵梨花《えりか》が聞いてきた。空が密かに、サークル内で一番可愛いと思っている女子だ。仲は良い方だし、連絡もこまめにとっている。一度2人でご飯に行ったこともあるので、脈アリではないかと空は期待していた。

「マレーね」

「あー！　マレーやそうや。珍しいよな日本人じゃないYouTuber見るの」

「まあな」

マレー【Japanese】。マレーの日本語吹き替えチャンネル。マレーは登録者数7800万人超え、世界一のYouTuberだ。マレーは多ジャンルの動画を配信しているが、中でも圧倒的な数字を誇るのは「星」シリーズ。地球という星を感じる自然の猛威を命がけで動画に撮っている。サイクロンが発生すると車で近づき、「サイクロンから逃げてみた」という動画を撮影する。「スーパーセルから逃げてみた」の動画は8億回再生を突破している。まさに、命をかけながら動画を撮っていた。危険すぎる動画内容は世界中で批判を呼んだ。「子供が真似したらどうする」「命の危険がある撮影は良くない」など、大量の批判コメントが届き、ついにはマレーの登録者数が急速に減少。「マレーを終わらせる」を目的にした配信者なども出てきた。アンチマレー配信者と視聴者が一斉に批判コメントと批判動画を出す日を指定して、チャンネル登録解除を呼びかけたりもした。配信動画だけでなく町で呼びかけ運動をする人たちも現れ、その日は一日で20万人以上の登録解除が起き、のちに「マレー・ビッグバン」と呼ばれるほどのYouTube史上最大の社会現象となった。しかしマレーは、1本の動画で世間の声をひっくり返した。この「夢と命の話をしよう」という動画は今でもマレーの最高傑作動画と称《たた》えられている。空もこの動画から、YouTuberへの憧れを抱いた。

「空?」

「ん?」

「もう、ずっと呼んでるのに。チャイム鳴ったから少人数テスト行くよ。一応受けるでしょ? 村田《むらた》先生なら単位くれるかもよ」

絵梨花に声をかけられ、食堂から少人数クラスの教室へ向かった。

大学の授業は基本、大人数で行われるが、たまに少人数の高校までのクラスのような授業がある。ゼミとはまた違うが、この村田教授の少人数クラスをフットサルサークル仲間たちと揃って受けていた。30人中20人はフットサルサークルのメンバーである。今日は前期単位取得のための発表会で、村田教授は50代くらいのオジサン教授だ。学生に優しいので、特にテーマも持たず「なんでも良いから10分発表しろ」と言われていた。村田教授なら単位をくれるかも知れない、という僅かな期待と、「この単位だけ貰《もら》っても意味ない」という絶望を混ぜながら、歩いた。

教室に入ると、既にサークルメンバーが後ろの方に固まっていて空と絵梨花も空いている席に座る。前の方には雄也がいた。雄也もこのクラスは受けているが、空のフットサルメンバーと雄也はあまり関わりがないので、空も雄也には軽く手を振る程度だった。しばらくすると、村田教授が来た。

「こんばんは〜」学生がまばらに挨拶をする。村田教授は挨拶に応えるよりも先に「福嶋、喜多村、バカモン」と言い、クラス内で笑いが起きた。空と雄也は前に行って直接謝った。「とりあえず発表しっかりやれ」とだけ言われ、席に戻る。そのやりとりも、サークルメンバーは笑いながら見ていた。

空たちの発表は2組目だった。テーマは一応、経済学部の授業ということなので経済学らしいものに。発表メンバーの1人が大のプロ野球好きであったので「阪神巨人一伝統の一戦が及ぼす経済効果―」である。空がテストと就活に追われているのをみんな知っていたので、まとめるまでは他のメンバーがやってくれた。空は当日の発表担当。まとめてくれた文章を本日、発表するだけで良い。

チャイムが鳴り、1組目の発表班が前に出る。秀一を含む、フットサルメンバーの班だ。秀一はパソコンで資料の表示をしていて、秀一と仲の良い蓮《れん》と美咲がマイクを握っている。秀一と蓮は顔も良いし、高校時代にはサッカー部で全国大会に出たこともあるので、サークル内でもモテモテの人気者だ。

「えー、1班の発表をはじめます。よろしくお願いします」

蓮が進行で発表をはじめた。

空は、自身がこの後読む自班資料の文章に目を通していた。

開始数秒で、教室内でざわざわとした喋り声と、ちらほら笑い声が聞こえた。

見ていなかった空が前を向くと、モニターにデカデカと、ＹｏｕＴｕｂｅ画面の写真に、「底辺ＹｏｕＴｕｂｅｒの経済効果」と書かれていた。そのＹｏｕＴｕｂｅ動画の再生回数は48回で、真ん中には外国のお菓子のようなものを食べている男性が映っていた。ほんの数秒遅れてから、男性の情報に理解が追いつく。ＹｏｕＴｕｂｅ動画に出ている男性は、雄也だった。

マイクを持った蓮が発表を続ける。

「えー、僕らの発表は、底辺YouTuberは食べていけているのか、一発逆転の夢はあるのか、です。こちらのYouTuberは、このクラスの喜多村雄也くんです」

「喜多村雄也くんです」の声と同時に、クラスでは笑いと、笑っていいのかといったどよめきが起きる。

「みんな知ってたの？」「知らない」。声が飛び交う。仲の良い空でさえ、雄也がYouTuberをしているのは知らなかった。蓮は続ける。

「えー、たまたま発見しました。まず、雄也くん。勝手に発表に使ってすみません」

蓮がふざけたように、雄也に頭を下げる。クラスメイトは何故《なぜ》か、さっきより笑う。雄也は笑顔のような表情で応えていた。

「えー、底辺YouTuberの雄也くんは、カンニング行為で単位がなくなった現実から一発逆転の夢を叶《かな》えられるのでしょうか」

蓮のいきすぎたディスりに、クラスは「さすがに大きくは笑えない」という雰囲気となり、笑い声は小さくなる。すると秀一が「蓮！　イジるような言い方はすんな！」とツッコミ口調で叫び、「すみません！　応援しているので発表しています。みなさんチャンネル登録よろしくお願いします」と蓮が言うと、また笑いの声量は元に戻った。

「これはイジってはいない。応援している」という一方的な建前の確認が、クラス中で行われた瞬間である。

「えー、ちなみに、同じくカンニング行為がバレた空くんはどう思っているのか聞いてみましょう」

　蓮が空の方にニヤニヤした顔で質問を投げた。そのまま美咲にアイコンタクトを取り、美咲は一瞬「え？　渡すの？」といった仕草を大袈裟《おおげさ》にしてから、空にマイクを渡しに来る。空は手を横に振って笑ったが、美咲は空の手にマイクを握らせた。

　クラス中の注目が空に向いた。空はマイクのスイッチの目視と、「えー」と音を確認。

「進路が決まってて羨ましいです」と一言添えた。クラスからは大きな笑いと拍手が起きた。この笑いは、どっちの笑いになるのだろうか。雄也が笑ってくれていたのかどうかは、確認することができなかった。

※

「〝雨だれ石を穿《うが》つ〟。えー、みなさんの人生はこれから長ーく続きます。長ーく長ーく続きます。例えば小さな努力でも、毎日コツコツ積み上げることで、いつか大きな力になる。自分を信じて頑張ってください。この基礎経済論学少セミナーは、今日の授業で最後となります。残念ながら、2人、私の力では救えませんが、他は全員単位取得おめでとうございます」

各班が発表を終えた後、村田教授が締めの言葉をかけてくれて、空の今期の全授業が終了した。「私の力では救えませんが」の時にまた空や雄也に向けた笑いが起きた。

村田教授ほど簡単に単位をくれる教授はいない。授業が終わってから頼み込もうと思っていたが、締めの挨拶を台無しにしたくなく、諦めることにした。村田教授に向けた拍手がやみ、女子学生が「先生に写真お願いしよ」と言ってるのが横で聞こえた時、1人の学生が手を挙げた。

雄也だった。村田教授は「どうした?」と言い、雄也は「少しお時間良いですか」と聞いた。

「やめておけ」空は心から思った。ただでさえYouTuberをみんなから馬鹿にされた今、クラスメイトが村田教授に感謝している空気を読まずに、単位をくれと頭を下げたら、本当に周りから「変な奴」だと浮いてしまう。雄也のことは良い奴だと思っていたので、空は心が苦しかった。

前に立った雄也は、村田教授の方ではなく、クラスの学生の方に体を向けた。

「ちょっと、みんなに言いたいことがあります」雄也の声がクラスに響き、静寂を起こした。YouTuberを馬鹿にしたことに対して怒るのだろうか。女子たちは「あれは馬鹿にしてないのにね」と言わんばかりの目で、また馬鹿にしたような笑顔を向け合い、首を傾《かし》げていた。

「あ、まず今日、YouTubeチャンネルの宣伝をしてくれた1班ありがとう」

秀一たちは、軽く頷いて応える。

「僕は、前期を最後にこの大学を退学することにしました。YouTuberとして、夢を追って生きていきます」

静けさは、強く固められた粘土のように、まだ解けない。

「〝世界の全員を笑顔にする〟それが僕の夢です。動画でそれを叶えてみせます。だから、みんなと、学校で会えるのは今日が最後だと思うから。挨拶させてもらいたくて。ありがとうございました」

雄也が頭を下げた後、秀一が拍手をはじめた。次に蓮が「ふぅ〜！」と声を張り上げながら、周りも煽《おだ》てるようなスピード感のある拍手を起こす。瞬く間に、教室内は拍手で湧いた。雄也は笑ってから、席に戻り、帰り支度をしている。村田教授が「貝殻でお会計はするなよ」と言い、クラスからはまた大きな笑いが起きた。

つい最近、ニュースで話題になったYouTuberが「古代中国人の格好したら貝殻でお会計通るはずや」という生配信動画を更新。配信の冒頭では、古代の中国では貝殻をお金として利用していたことを説明した後、スーパーのレジでお金の代わりに貝殻を渡した。断られたら「なんでやねん！」とクレーム。警察も来る大きな騒動となり、世間は「クソＹｏｕＴｕｂｅｒが迷惑行為で数字稼ぐな」と荒れた。人気ＹｏｕＴｕｂｅｒも増えていた一方で、迷惑行為や悪口で数字を稼ぐＹｏｕＴｕｂｅｒも多い。世間のＹｏｕＴｕｂｅｒに対するイメージは、決して良いとは言えない。

雄也は「そんなことしませんよ」と村田教授に告げ、もう一度頭を下げた。クラス全体にも手を振った後に教室を出て行こうとした。蓮が「まああの動画やったら迷惑かけた方がおもろそうやけど」と言い、みんなが笑った。雄也も「ははは。まだまだやなぁ」と笑っている。空は、周りの目を気にしながら、雄也からは自分の顔が見えない方を向いて、確かに、笑った顔を作った。

雄也が教室から出ると、数人が、また嫌な笑顔を見せ合って、「ヤバい奴がいた」かのような大きな笑いが起きた。空は気づかないフリをした。

秀一が空に「おい！　お前仲良いなら止めたれよ！」とツッコミながら背中を叩く。まだ雄也は廊下にいて、聞こえるかもしれない。空がまた笑って「まあ人の勝手やからな」と、当たり障りのない返事をしたので、秀一は少しつまらなそうな顔をした。しばらく雑談や、教授との記念撮影をした後みんなで教室を出た。

「空、今日の4年生会議来れんの？」

後ろの方を歩いていると、絵梨花が話しかけてきた。

「あー、今日バイト入ってて、もう行かなあかんのよ」

「なるほど。そうなのね。夏休みのレジャー、決めとくから。空の意見も言っとくし教えてよ」

サークルでは、長期休みにはいつも、みんなで遊びに出かける。今日はそれを決める会議があった。

「んー、俺でもそんな暇あるかなぁ」

空以外のほとんど全員が、卒業はもちろんのこと、内定先まで決まっていた。

「あんまり遊べないか。1個くらい行こうよ！　最低これ！　とか」

「うーん」

本当はみんなで遊びに行くよりも、2人で行きたかったが、誘う勇気はなかった。

「もー、1個くらいあるでしょー。あ、じゃあ花火観《み》に行こ！　空のお爺ちゃんの花火！　私観に行きたい！」

絵梨花が可愛く言う。

それ、去年までに言って欲しかった。と空は思った。

棟を出ると、サークルメンバーは会議を行う教室へ向かう。空は「バイトあるから！」と手を振った。サークルメンバーのみんなが「おつかれ〜」と手を振り返した。

サークルメンバーに背を向け、帰宅路へと足を運ぶ。さっきからずっと、雄也のことが頭から離れない。歩きながら、ようやく落ち着いて考えることができた。明らかに、クラスメイトは嫌なイジり方をしていた。雄也にとっては自分も、その1人になっていたと思う。雄也と2人きりの時にYouTuberの話をしてくれていたら、もっと自然に応援の言葉をかけてあげられたのに、そう思うとなおさら今日の出来事が悔やまれる。

申し訳ない気持ちで、雄也のチャンネルを登録しようとしたが、発表中は雄也が気がかりだったせいで、チャンネル名を聞いていなかった。「外国　お菓子　レビュー」などでヒットしないかとわずかな期待でスマホを取り出すと、メッセージが届いていた。雄也からか？　とドキッとしたが、メッセージはバイト先の居酒屋の店長からだった。

「ごめん空！　今日シフトなしで！　人件費削らなあかんくなった」急なシフト変更である。ここの店長はめちゃくちゃな人で、こういう横暴はよくある。過去に一度、怒りがピークに達した時に「労働基準監督署に訴えます」と言ったところ、その後数週間だけ優しくしてくるような店長であった。

「無理っすよ。僕も金稼がないとダメなんで」と返すと速攻で既読がつき、「アホか。店のこと考えろ」と返ってきた。このやりとりにイライラしても仕方ないので、既読だけしてスマホを閉じた。

時間が余ったので、引き返してサークルの会議に出ることにした。会議が行われているのはキャンパス内で一番大きくて綺麗《きれい》な棟である7号館。エレベーターで4階へ上がり、奥の教室に向かって歩く。教室の扉は開いていて、賑やかな声が聞こえてきた。空が開いた扉から中に入ろうとしたその瞬間「空が一緒になって笑ってたのが一番おもろかったわ！」と、蓮の声が聞こえてきた。

自分の名前が挙がり、思わず教室に入る足が止まる。扉に背を向けるよう立った。

「ほんまにな」

「お前も同じやろって思った」

どれも聞き馴染《なじ》みのある、空にとっては友人の声だった。

「雄也君もさすがにYouTuberはないやろ。最後の夢語った時ほんまに笑い声漏れそうなった」と言う秀一の嫌味な言葉に続いて、共感と笑いの音が背中から心に届いた。

「秀一はあれええの、なんか、スカウトされた言うてたやん」

「あー、東京遊びに行った時な」

「え、なになに⁉」女子たちの声だ。

「俳優事務所みたいなのスカウトされたで。まあ断ったけど」

「やばー！　え、もったいない！」

「でも昔、役者なりたい言うてなかった？」と美咲が言うと「あれはノリやろ！　若かったし。この歳《とし》で夢追っかけるとかダサいし、普通に生きた方が確実に幸せやからな」

言われたくない話だったのか、周りを制圧するような力強い言葉だった。

「てか、絵梨花。空とどうするん？　やばいやん進路」美咲の声だ。心配しているのではなく、嘲笑《あざわら》っているのが、抑揚から伝わる。

「いやー、ないない。さすがにしっかりして無さすぎる」絵梨花が笑いながら言っているのを聞き、来た道を引き返した。


3年間で培った大学での居場所は、なくなっていた。最初からなかったのかもしれない。

またスマホに通知が届き、メッセージを確認する。田舎に住む母親からだ。

「学校から連絡ありました。爺ちゃんブチギレ。一旦帰ってきなさい」

中心に引き寄せられるように強く固まっていた爺ちゃんの顔のシワが、元通りになる。母親がテーブルに朝食を置いたのを確認し、爺ちゃんは畳からテーブルの方へ向かう。立ち上がりながら「バカモンが」とつぶやいた。

※

長い長い説教が、やっと、終わりを迎えた。早起きな爺ちゃんより先に起きていないと、より怒られると思い、昨日の夜遅く実家に帰ってきてから寝ずに待っていた。4時半に爺ちゃんが起きて来てすぐ説教ははじまり、今は7時をすぎた頃だ。空の足は痺れてしまい、額から冷たい汗が落ちる。爺ちゃんが背中を向けたのを確認した後、音を出さないように息をゆっくり吐き出す。緊張が緩むと、窓の外から蛙《かえる》の鳴き声や、リビングで首を振っている大きな扇風機の音が耳に入ってきて、「そう言えば夏だったな」と思い出した。

空の実家は、一人暮らしをしている大学近くのアパートから普通電車で20分、その後特急電車で約1時間半、そこからまた普通電車に乗り換えて10分、さらにバスで20分ほどかかる田舎町にある。久々に爺ちゃんを見るといつも「こんなにも小さかったっけ」と思う。

爺ちゃんと言っても、幼い頃に父親を亡くした空にとっては、父親のような存在だ。爺ちゃんはとにかく厳しい人だった。小さい頃から何度も怒られたし、寡黙な人間なので、たまに花火を教えてくれる程度で、キャッキャと遊んだ記憶はほとんどない。

昔一度、空が「遊んでも楽しくなさそうだから、爺ちゃんは僕のことが嫌いなんだ」と母親に言ったら「お爺ちゃんが子供の頃はね、戦争があって、友達と遊ぶのも大変やったのよ。だから空が遊び方教えてあげてや」と言われた。花火職人になった理由も、爺ちゃんが子供の頃は毎年夏祭りを無事に行うことすら難しかったから、だと聞いたことがある。

「アンタはいらんな？　朝ごはん」

母親が空に聞いた。

「俺の分あるの？」

「ない」

じゃあなんで聞いたんだ。

「昨日の晩の残りやったらあるけど。アンタ帰ってくるの遅くて食べへんかったから」

「なに？」

「鶏《とり》と芋《いも》と茄子《なす》」

料理名ではなく食材名で言う母親のいい加減さに懐かしさを覚えながら「あ、食べる」と答え、テーブルに座った。

「食べるなら言ってよもっと早《はよ》うに〜」と言いながら慌てて冷蔵庫からラップされた皿を

取り出し、レンジにぶち込む。

爺ちゃんは変わらず眉間にシワを寄せて新聞を読みながら、ゆっくりと朝食を食べている。

「そや！　アンタ今日8月8日のオバケさんの日やで！　気ぃつけや！」

母親は昔から、聞いたこともないような都市伝説や、オカルトが好きだ。と言うより、〝話題〟を持ち込むのが大好きで、楽しそうに話している。空はオカルトなどは信じていないが、エンターテインメントとしては嫌いじゃなかった。

「塩でお祓《はら》いしとかな大変やで。冷凍の鯖《さば》あるから、塩焼きにしたろか」

そんな塩分程度の塩でいけるのかよと思いながら、鯖は食べたかったので「うん」と答える。爺ちゃんの方を見ると、ゆで卵には多めに、ウインナーと、トーストにまで申し訳程度の量の塩を振りかけていた。

空の食事を用意してくれた母親が洗濯物を干しに2階へ上がったので、リビングには空と爺ちゃんの2人だけになった。

黙々と食事は進む。

徐々に減っていく爺ちゃんのトーストを見て、焦りを感じる。というのも、爺ちゃんには「学校を辞めろ。学費は出さない」と言われている。このまま話の決着をつけずに実家を出るわけにはいかない。

「あの、後期からはしっかりやるから」

爺ちゃんは答えず、黙々と食べている。

「本気でやるから」

爺ちゃんはコーヒーを飲み、咳払《せきばら》いをする。新聞に目を向けている。

「あと1年だけチャンスください。卒業しきって、ちゃんと就活もする。今年も営業職で最終面接まで行った企業とかあったから。何にもしてなかった訳じゃない」

それを聞いた爺ちゃんは、新聞から目を離し、空の目をギロリと睨《にら》んだ。

「お前、弁護士なるんちゃうんかい」

爺ちゃんの言葉に、空は一瞬思考が止まった。「弁護士？　何の話だ」と思ってすぐに、忘れていた4年前の記憶を思い出した。

爺ちゃんはそもそも、大学進学にも反対していた。空が関橋大学の法学部を受けると言うと、「なんで法律の勉強するんや。なんか意味あんのか」と言われ、とにかく大学進学の許しが欲しかった空は「弁護士とかになりたい」と答えた。その時も「お前、宇宙に花火打ち上げるんとちゃうんかい」と、小学生の頃の作文で一度発表した夢を問われ、説得に苦労したことを思い出した。

自分で言ったことすら忘れていたので、なんと返答すれば良いのか分からない。爺ちゃんはそんな空を見越してか、またギロリ、と目の周りの彫りを深める。

「もう諦めたんか、弁護士は」

動揺する空に畳み掛けるように爺ちゃんが言葉を投げる。諦めたとかではなく、そもそも目指したことすらない。と言うか、法学部は落ちて経済学部に通っている。まさかあの適当に言った将来の話を、ここまで忘れずに覚えられているとは思っていなかった。

もちろん「そもそもあれは嘘《うそ》」なんて言うと、おそらく顔が遠くに消し飛ぶくらいのパンチが飛んでくるだろう。とはいえ「諦めた」と答えても、顔の飛距離が少し小さくなる程度だろう。空は必死に、どう答えれば一番怒られないか、を考える。もちろん、最善の策など出てこない。

「何でお前はそうやってスッと答えんのじゃ。しょうもない言葉なんか選ぶな。思うとることを言えばええだけやんけ。怒られへんように〜とか、逃げながら話しとるんが見え見えや」

爺ちゃんはもう、しばらく手に持ったトーストをかじっていない。完全にまたスイッチが入っている。何か答えないといけない。「聞いとるんか！」声量が上がった。時間がない。飛んで行く俺の顔は、誰か拾ってくれるだろうか。爺ちゃんの瞳孔が、カッと開かれる。空の背中の筋肉がギュッと緊張した。

「今何か言わないとやばい」本能だった。

空は「違う夢を見つけた！」と答えた。爺ちゃんの瞳孔は閉じることなく、「あ？　なんやそんなすぐに違う夢なるくらい弁護士は軽い気持ちやったんか」

「ミスった」違う夢を見つけたと言うことは、弁護士を諦めたことになる。空は急いで弁護士を諦めた理由を考える。

「なんや次の夢って」

そっちだったか。質問の先読みに失敗して焦る。そんな空を待つことなく「夢を聞かれとる時に言葉選ぶな！」と爺ちゃんの怒号が飛ぶ。

「ゆ、ＹｏｕＴｕｂｅｒ！！！」空は、怒号から身を守るために言葉を発した。ゆっくり呼吸をする。食卓の時計の針の音が聞こえた。

「ゆぅちゅーばぁ？」はじめて聞く外国語のように爺ちゃんは聞き返した。そして、持っていた新聞紙を机に置いた。

新聞紙の、爺ちゃんが読んでいたページには「貝殻でのお会計で店に大迷惑をかけたＹｏｕＴｕｂｅｒ！　動画にて〝迷惑をかけるのがＹｏｕＴｕｂｅｒの仕事〟と開き直り発言」という記事が載っていた。

「終わった」史上最悪の選択をしてしまった。

爺ちゃんは、空が小さい頃から友達の悪口を言ったり、お店で走り回ったりすると厳しく叱った。さらに爺ちゃんは、この時代に携帯電話を持たない。写真や動画のことも何故か嫌っていて、自分の花火でさえも、写真や動画を基本的には撮らないでくれ、と、町のみんなに言っていた。そんな爺ちゃんに、ＹｏｕＴｕｂｅｒなんてすんなり認めてもらえる訳がない。

「何がＹｏｕＴｕｂｅｒじゃバカモン」

怒鳴り散らされると身構えていた空にとっては拍子抜けするくらいに、爺ちゃんは表情を戻し食事を再開した。これは間違いなく、「激怒の向こう側」であると察した。

このままでは何もかも終わりだ。もうこうなったら、大学生ＹｏｕＴｕｂｅｒを目指しているフリをして、しれっと卒業と就活をするしかない。

「ＹｏｕＴｕｂｅ見たことないでしょ？　見たこともないのにバカにしないでよ。俺本気で夢追いかけるから」

爺ちゃんは顎鬚《あごひげ》に手を当てて、何やらジッと考えていた。子供の頃から見ていた仕事前の爺ちゃんの姿だ。爺ちゃんは仕事前や何かを考える際に顎鬚を触ってジッと考え込む。空はその姿が、職人の本気に見えて、好きだった。

「そんな話はしとらん。勉強から逃げるためにYouTuberなんて言っとるんじゃないやろな。バカモンが。覚悟もねぇ奴が夢なんて叶うわけないやろ」

出てきた言葉は、空に対する軽蔑だった。バカにするように言う爺ちゃんに、苛立ちを覚えた。正確には、爺ちゃんの言葉が正しいと思ってしまう自分に腹が立っていた。

「もうええわ。お前、夏も帰ってくんな」

そう言って爺ちゃんは、コーヒーを飲み干し、おかわりを自分で注《つ》ぎにいった。

爺ちゃんの言う「夏も帰ってくんな」は、毎年爺ちゃんが打ち上げている花火も観にくるな、という意味がある。爺ちゃんが花火に人生をかけているのを空は知っている。だからこそ、「夏も帰ってくんな」には大きな意味があった。

2度も夢を簡単に諦めた空は、爺ちゃんに失望されたのだ。

突き放しの言葉に、心が苦しくなる。

どうしようもない自分の現状に劣等感を持つ。焦ってしまっている。この時の空は、焦りを怒りに変えることで誤魔化そうとしていた。情けない気持ちを紛らわすように、甘えるように、「うん。分かった。別にええよ、爺ちゃんの花火、綺麗と思ったことないし」

そう吐き捨てて、食器をキッチンに運び、2階の部屋に向かった。

2階に上がったところで母親とすれ違ったので「ごちそうさま。あ、俺YouTuber

になるから」と言い、自室のベッドに飛び込んだ。

母親は「チャンネル名は教えなさいよ」とだけ言って1階へ下りて行く。

横になり、天井を見上げる。

すぐに分かる。

「全部自分が悪い」

それなのに、爺ちゃんを傷つけた。

爺ちゃんが一番傷つく言葉を知っていて、自分を守るためにその言葉を吐き捨てた。

気を紛らわすために、スマホを取り出す。

YouTubeを開き、チャンネル登録画面から「マレー【Japanese】」のチャンネルページを開いた。ちょうど動画が更新されていた。

マレーはいつも、動画投稿の時間を指定していない。通常のYouTuberは投稿時間を指定する。その方が前もって視聴者が準備できるので再生回数が取れるのだ。マレーは「たまたま夜更かししてる人や、遅めの昼食を取ってる人、動画を見るタイミングは世界中人それぞれなんだから」と言って、投稿時間を指定せずに動画を出していた。最新動画の再生ボタンをタップする。

動画を開くと、マレーはすぐに元気よく語りはじめた。

「どうした？　暗い顔して！　お爺ちゃんっ子なのに、お爺ちゃんと喧嘩《けんか》でもしたのか？

今日は雲の中を一緒に散歩しよう」

マレーは空に向かって話しかけていた。

少なくとも、空にはそう感じた。

動画を見終わると、そのまま眠ってしまった。


目覚めたのは夕方の16時。下に下りたら爺ちゃんはいなかった。爺ちゃんが帰ってくる前に、母親にだけ挨拶をして、家を出る。

「台風来るんやから、過ぎるまでおったらええのに」

天気予報を全く見ていなかったので知らなかった。

「ええよ。それまでには帰れる。ほな」

「そしたら駅まで送ろうか？」

「ええって。ほなね」

「はい。頑張りや」

「うん。ありがとう」

「空」

「なに？」

「頑張りすぎてもあかんよ」

いつもと変わらない、優しい母親の顔だ。

「どっちやねん」

恥ずかしくなり、無駄に靴紐《くつひも》をチェックする。

「頑張りなさい」

「なんやねん」

思わず、照れながら笑ってしまった。

母親は笑わずに、それでも優しい表情で続ける。

「私は空が幼少期の頃から確信してるから。アンタは天才や」

「親バカ」

「親バカやないよ！　アンタ覚えてる？　中学の数学の、確率の宿題の時にね、式が分からんからって１５００通り全部書き起こして、答え書いてたの。あん時からずっと天才やと思ってた」

「いやそれ答え分かってないから、天才ちゃうやん。あと青少年期やん」

「ほんまやね」

「どっちやねん。もう行くて」

母親に別れを告げて、実家を出た。バス停まで15分ほど歩く。1500通りの宿題は確か、成績が悪すぎて先生に怒られて、この宿題が未提出か、不正解だったら修学旅行に行かせないと脅されたからだった。前日に答え写せば良いやと思って放置していたら、答えを学校に忘れたことに気づいて、夜通しで答えを導き出しただけだった。次の日友達に言うと「メールくれたら送ったのに」「電卓使えよ」と言われ、文明を使いこなせていない自分を恥じた。

天才でも、何でもない。

2

夏の夜、台風の影響により雨風が無秩序に暴れまくる。普段はこの時代最強の移動手段として堂々と動き回っている大きな鉄の塊も、自然の猛威の前ではちっぽけで無力な箱である。あと少しでも風の気が変われば、瞬く間に倒されてしまうであろう、とまで感じた。

結局、バスから電車に乗り換える時には天気が大荒れ、特急はなんとか最後まで走り切ったが、乗り換えた普通電車が最寄駅に着く前に止まってしまった。窓際にもたれるように立っていた空は、風の機嫌を取るように背筋を伸ばして復旧の時を待つ。

車内は薄暗く、蒸し暑い。

まるで自分の今の人生を体現しているかのような状況に思わず笑いそうになる。目の前が真っ暗なのは、停電だけのせいではなかった。

車両停止から20分ほどたっただろうか。

「未だ復旧の目処《めど》は立っていない」という謝罪のアナウンスが定期的に流れる。

「流石《さすが》に長いな……」頭の中に不安がよぎると、煽《あお》るように雷の音が鳴る。刺さるように雨の音がする。停止当初は意識していなかったのか、暴風の音、車両がガタガタと震えている音、窓ガラスが軋《きし》む音、扉が開きそうになる音、車両が限界を迎えている音……。たくさんの不安な音を確認してしまう。不安な音に敏感になるにつれて、乗客の安堵《あんど》のために流している車掌さんのアナウンスでさえも、不安な音と感じるようになる。乗客たちの不安は、恐怖に変わっていく。右側に座っている会社員らしきの男性が激しく貧乏ゆすりをしている。顔は薄暗くてはっきり見えない。と思った途端に、男性の顔が鮮明に見えた。今にも怒鳴り出しそうな剣幕だ。

突然の光は電灯の復旧ではなく、近くに落ちた雷だった。悲鳴と雷の音が重なる。目の前の親子の子供が泣き出した。まだ3歳程度だろうか。そらそうだ。大人の自分ですらここまで怖いのに、子供が怖くないはずない。

「チッ」右側から雨音に負けない大きな舌打ちが聞こえた。

子供は泣き止《や》むことなく、母親に強く抱きつく。母親は周囲に必死に謝罪をしながら背中をさする。お母さんだって、怖くてたまらないのに。車両の空気は最悪だった。全員が、暗い気持ちを心に持っていた。

空は膝をついた。泣き続ける子供と目線を合わせて、にっこりと微笑《ほほえ》んだ。子供は一度だけ物珍しそうに空の方を見たが、泣き止むことなく母親にしがみつく。母親は申し訳なさそうにお辞儀をした。

空はそのままスマホを取り出した。

アルバムフォルダをスクロールして、過去のとある動画を探し出す。見つけると、子供の方に画面を向けながら再生の操作をする。古い、花火の動画。スマホがまだない時代に携帯電話で撮影した映像。画質が悪く、音も出ない。それでも、子供は泣くのをやめて画面を眺めた。「あ～お兄さんが花火見せてくれてるよ～綺麗だね～」お母さんが子供に声をかける。子供はまだ不安そうに母親に強く抱きつく。

「ぴひゅひゅひゅひゅひゅひゅ～ぱぁぁん」

突然、変な声がした。声の方を見ると、自分の左隣に知っている青年が片膝立ちで座っていた。雄也だ。

雄也は空のスマホ画面と子供の顔を交互に見ながら変な声を続ける。

「ぴひひひゅゅゅ～ゅんばぁーん」

続いて「ぱらぱらぱらぱら」。花火が散った後の残り火に合わせるように声を出した。

「雄也？　同じ車両乗ってたんか」「この前みんなバカにしてるように感じたよな？　すまんな。ちょっと変な奴らやねん」「応援してるでＹｏｕＴｕｂｅ」いろんな第一声を考えたが、そのどれよりも早く、「いや花火のアフレコ下手くそすぎるやろ！」と、思わず大きめの声が出てしまった。

「えぇ⁉」

雄也が驚く。声、表情共に、本当に自分で上手だと勘違いしていたであろう驚き方に空は笑ってしまった。つられて母親も笑う。子供も「キャハハ」と、笑顔になった。

「あ、笑ってる、笑ってる！　もっかい、もっかい！」

子供の笑顔に気づいた空が雄也にアンコールを求める。

「ぴゅゅひひひゅゅゅゅ〜ゅんぱーん」

「さっきより下手やん」

2度目のツッコミで母親だけでなく、周りの乗客数人から笑い声が聞こえた。子供は爆笑している。子供の爆笑に対して、「爆笑してる！」とぴったり声があった雄也と空に、また乗客が笑った。その後も、雄也の下手くそな花火アフレコショーは続いた。見た目は変わらないが、空が知っていた雄也とは少し違う、どこか大人びているような、数年先の雄也のように感じた。楽しかった。子供も楽しそうに手を叩いた。母親は先ほどよりは明るく、それでも申し訳なさそうなお辞儀を周囲に向けた。周囲はお辞儀に対して笑顔で応えた。会社員の貧乏ゆすりは止まっていて、不安な音はもう、乗客の誰にも聞こえなくなっていた。

夏の夜。台風で止まった暗い車両の中に、確かにエンターテインメントがあった。

※

車両は数分後、無事に動き出した。明かりが灯《とも》り快適な車両に戻ると、仲間意識のあった乗客たちはまた少し他人に還り、先ほどまでの異空間に対する寂しさまで覚えた。大きな一仕事を終えたような充実感に満たされていた空と雄也は、気持ちを言語化して共有する必要もなく、そのまま窓際に立って、会話を進めた。

「あ、そういや雄也。ごめんな？　この前」

「ん？」

「あ、いやクラスでYouTubeのこと笑ったりしてたやん。俺の仲良い奴らやから」

「あー！　全然！　むしろ知ってもらえた方が得やん！　大丈夫やで」

空は雄也に対して、器の広さどころか、素材ごと自分とは違うのではないかと思った。つい最近までほとんど同じただの大学生だったのに、雄也からは、大人の色気が感じ取れる。

空には「俺もYouTuber考えてるねんな」と言う勇気はなく、言葉を呑《の》み込む。

代わりに「すごいなマジで。YouTuber」と雄也に言った。

「いや全然。全く再生されへんし。底辺や底辺！」自虐ネタを発する雄也はなぜか笑顔だった。それが苦し紛れの誤魔化しではなく、本心で楽しんでいるように思えた。

「空はYouTubeとか見る？」

「見る見る。めっちゃ好きやで！」

「誰が一番好き？」

「一番はマレーやな」

「分かる！　結局一番かっこいいよな」

「それ！」

「マレーの始まりがめっちゃ良くない？　あの、世界中の誰かに向けて喋ってるやつ」

「それさぁ！」

空は、今日の朝あった出来事を話せる人がいたと、興奮しながら話す。

「今日の朝俺マジで爺ちゃんと喧嘩してんか、その後にマレーが爺ちゃんっ子なのに爺ちゃんと喧嘩したんかって言うててびっくりした」

「うそやん！　あれほんまに当たることあるねんな」

マレーはいつも、動画のはじまりに「明日5時起きなのに寝れないの？　あー、遅い時間にハンバーグ大盛り食ったからでしょ」など、かなり細かく具体的な語りかけをする。「世界中の全員だけど、一人一人に向けて」という想《おも》いから、そうしているらしい。正直、ファンの定着には遠回りな気がする。

「一番好きな動画は何？」

雄也が興奮しながら聞いた。

空は迷わず「夢と命の話をしよう」と答えた。雄也はそう答えるのを分かっていたかのように、無言で頷きながら空にハイタッチを求めた。空は応え、大きすぎる音が出ないようにハイタッチした。

「いやー、だからYouTuberとかほんまに凄いと思うで」

「まだ凄くないよ出してるだけやしな！　でも楽しすぎてさ、授業もテスト勉強も全くできひん。やからこの前もカンニングさせてもらって。あ、ごめんなほんま」

笑いながら話している自分を途中で制御するかのように真顔で謝る雄也を見て、空はそれを上回るように声を出して笑った。

「なんやねん！　大丈夫やって。元々カンニングは俺がしてたんやし。ただ、ありがとう！　はほんまにびっくりした。漫画借りた奴か、ってくらいの声量やったからな」

本心で笑いながら話している空に気づいたのか、雄也も笑いながら「ごめんごめん」と合わせる。

「でもマジですごいな……学校辞めるとか。覚悟が」

「覚悟」と言う単語を自分から口にして、爺ちゃんに言われた「覚悟もねぇ奴」という言葉を思い出す。単位がなくて、進路がなくて、爺ちゃんとの会話から逃げて、「YouTuber」と口にした自分と雄也では、雄也の方が覚悟があるということになるのだろう。

「そうかな？　てか覚悟ってなんなんやろな。まあ、やるからには本気でやらないとな」

そう言った雄也は、少し自分の言葉に照れているのか、窓から外を見ていた。

「どんな動画出してるん？　あの発表の時に載ってたようなやつ？」

「いやあれは2本目とかや！　今は、うんちく侍！」

「うんちく侍？」

雄也は、空の問いに答えながらスマホを取り出した。

「これ」

雄也の投稿している動画をそのまま見せてもらう。安っぽいコスプレの、雄也扮する侍が喫茶店でコーヒーを飲んでいる。侍なので、喫茶店や今の時代にしかないものを物珍しそうに見ている。タイムスリップしてきたという設定なのだろうか。そのままコーヒーを飲み干したあとにカメラに向かって「喫茶店とカフェの違いって知ってる？　お酒を置いているのがカフェでござる。カフェには陽気な人が多いことでしょう」とうんちくを告げて動画は終了していた。その他の動画も何か特定のテーマのうんちくを侍が発表するというもの。

「腹立つくらいクソつまらへんな」

想像以上にはっきりと告げた空に、雄也は腹を抱えて大爆笑した。大きな声が出ないように笑っているので、「ヒヒヒ」と小さく高い音が漏れているのが、より滑稽だった。

「なんかカンニングのありがとうも腹立ってきた」

空が雄也をイジるたびに、体を大きく揺らして笑う。

「それはごめんやけど関係ないやん！」

笑いすぎて少なくなった酸素に苦しみながら、なんとかツッコミを入れる雄也。

空はそんな雄也を見て同じように笑った。

雄也の凛《りん》とした態度は、空の罪悪感をすぐに消してくれていた。

「てか、なんで動画投稿しようと思ったん？」

「まあマレーの動画に痺れたのはあるけど、エンタメ作る人がかっこいいな！　ってほんまにそれだけ。ほんで動画やと、全員に届くから」

「全員?」

「そう。今はまだやけど、そのうちインターネットは全世界の人々が使えるようになるはずや。動画は世界中の人に届く。そうなったら、世界の全員を笑顔にできる。80億人!80億人を笑かすのが俺の夢やねん」

両手を広げながら、笑顔で雄也が語る。

「すごいな。面白そうやな」

本心だった。

「そうやろ? 一緒にやろうや。YouTuber」

突然の誘いに驚きはしなかった。それどころか、かなり期待していた。こんなにかっこいい雄也となら、できるだろうか。

「うーん。やりたいけど、俺にできるかな」

「できるよ。空は最高のエンターテイナーや。今日がそうやん」

「え?」

「俺が思うエンターテイナーはな、〝みんなが辛い時、暗い時に笑顔にしようと動く人〟やねん」

そう言いながら雄也は、車内の乗客たちを笑顔で見渡している。

「あー、動画見せただけやけど俺は」

照れ笑いをしながら答えた。

「でも子供とみんなを笑顔にしようとしたやろ」

「そう、やな」

「よっしゃ！　ワクワクしてきたな！　とりあえずちょんまげカツラもう一個買っとくわ」

「いやうんちく侍はやらんねん！」

「えぇ⁉」

「素でびっくりすんな」

さっきの母親が、横でクスクス笑っているのが分かった。不快にならない、応援の笑いだ。空は少し、気持ちよくなる。

「いつか俺が言ったうんちくで感動する日が来るから」

雄也も、会話がウケていることに気づいているのだろう。

「来ない来ない。ほんで感動系なんかい。なに？　そこまでしてうんちく侍を続けたいん？」

「いや全然。早く誰かに止めて欲しかった」

「なんやねん！」

空の声に被《かぶ》せるように、雄也が笑う。

電車は空と雄也が降りる駅の1つ前の駅に到着した。泣いていた子供と母親が車両を降りる時に、空と雄也に会釈をしてくれた。子供は笑顔で手を振ってくれた。

そのまま数分で、空と雄也の最寄駅に着いた。

「バスないんちゃう？」

空が言った。

「ほんまやな。雨も全然やばいやん。家って、歩いて何分やっけ」

「12分くらい」

「近いやん！　ええなぁ！」

「雄也は？」

「歩いて20分やな」

「ちょっとキツイな」

「そやな。ダッシュして19分か」

「足、遅」

くだらない会話をしながら、改札を出た。
「ほな今日俺んちくる?」
「いいん⁉　助かる!」
ほとんど意味がない傘をさし、そのまま豪雨に突っ込む。
「えぐいえぐい!」
聞こえているのがどちらの声かも分からないほど叫びながら、笑顔で走り続けた。
勢いのまま、道が決まった。
まだ未来に期待もできないような道だけど。
やってみたいと思う。
とりあえず、やってみたい。
なんとなくそう思った。
できる気が、少しだけした。
雨なのに、顔が熱い。
耳が赤くなるのが分かる。
鳥肌が立つ。
走るのが楽しい。

呼吸が速い。

夢が鳴る音がした。

※

動画投稿開始から2週間がたった。

空は、駅前のスーパーで1つ120円のカップ焼きそば「爆麺」を購入し、駅からダッシュして8分の距離にある雄也の家に向かっていた。

2人組YouTuber「空に雄也」として既に6本の動画を公開していたが、再生数は一番高いやつで121回。2番目以降は100回を切っていた。雄也がボケで空がツッコミを入れるのを2人の形として動画撮影をしている。

ネタを考えるのは空の仕事で、その分、動画編集は雄也がやってくれていた。

チューブ型ゼリー飲料の中に激辛デスソースを入れて雄也に飲ませるドッキリ企画には自信があった。ドッキリだと怪しまれないために、キャップを開けるときの「ピキピキ」と言う新品ならではの音を守ることに工夫をした。キャップは開けずに、容器の下の方にカッターナイフで切り込みを入れる。そこからゼリーを一旦全部取り出し、デスソースを注入。残りのスペースにゼリーを差し込んだ。もう一つ購入しておいたゼリー飲料の空き容器を切り取り、切り込み口より少し大きい型を作り、上から接着剤で貼り付けた。さらには一気にデスソースを飲み込ませるために「ゼリー早飲みタイム計測」という偽企画として実行。

結果は大成功で、雄也はデスソースを一気に飲み込んだ。リアクションも完璧で、顔を真っ赤にして咳《せ》き込む雄也。ドッキリだと分かって怒鳴ってくるかと思いきや、一言目は涙目になりながら「ごめんミスった。一気にいきすぎて、摩擦で喉熱い」だった。空は倒れ込み、息ができなくなるくらい笑った。

それでも再生回数は81回。コメントは2件で、1つは「食べ物粗末にするなクソが」で、それに対する返信コメントの「でもこいつ美味《うま》そうに飲んでたぜ」が2つ目だった。ネタを考えている自分としては、再生数が上がらない事に責任を感じていた。

雄也の住むアパートに着いた。いかにも普通の大学生が住んでいそうなアパートである。めちゃくちゃ綺麗でもボロくもない。白基調のコンクリート仕様。普通の階段を登り2階の雄也の部屋の前に着く。事前に「鍵開いてるから入って」と言われていたのでノックせずに扉を開けた。

中から雄也の笑い声が聞こえる。短めの廊下を歩き洋室の扉を開けると、イヤホンをしながらパソコンを見て爆笑している雄也の姿があった。音を出しながら編集をしているからか、空が来たことにはまだ気づいていない。空が椅子に座るのが視野に入り、笑顔を上げてイヤホンを外した。

「おーう。ちょっと待ってな。テロップだけ打ち込んでしまうわ。あと10分で終わるし」

「おっけい。めっちゃ笑ってるやん」

「やばいこの企画。天才すぎる」

雄也が編集していたのは昨日撮影した「3日間バナナ生活」という見出しの検証企画物。空が雄也に3日間バナナだけ食べて体重の増減を記録するように指示、雄也はバナナしか食べられない生活の苦しさをスマホカメラで記録した。

3日間食べ切った後に結果発表の撮影をしたのだが、ここがミソで、実は空が雄也に「あと1週間バナナ生活延長」と告げる。この企画の本当のタイトルは「3日間バナナ生活をした男にもう1週間延長と告げたら〝そんなバナナ〟って言うのか⁉」というドッキリ検証物である。

結果は〝そんなバナナ〟とは言わずに「嫌やな」だった。想像以上に本音で呟《つぶや》いた雄也に笑い転げる空が、本当の企画名を告げると今度は雄也が企画のしょうもなさに笑い転げていた。

「そんなバナナって言う奴出てくるまでやり続けたいなこれ！」

編集を再開しながら嬉しそうに雄也が言う。

空にとっては、雄也が笑ってくれることだけが、自分のネタに対する唯一の安心材料だった。

「腹減ってる？」

「ん？　あぁ！　爆麺!?　ありがとう！」

イヤホンをしているせいでいつもより大きな声量で雄也が答える。

スーパーで買った爆麺を食べるために鍋でお湯を沸かした。爆麺は1つ120円とは思えないほど大量に麺が入っている。2人で分けて食べると、腹6分まで満たされる。お腹《なか》いっぱいとまではならないが、底辺投稿者である2人はとにかくお金がなかったので一食を割り勘の60円で済ませられるのが嬉しい。パソコンだけはうんちく侍をはじめる時に雄也が大学時代のバイトの貯金で購入していた。動画投稿で稼げるようになったら半額出す約束で、2人の投稿専門のパソコンとして活用している。

とにかくお金がなかった。カメラはスマホカメラを活用、三脚も買えないので、毎度ガムテープで段ボールに固定していた。

編集を終えた雄也と爆麺を分け合って食べる。相変わらず、味は美味《おい》しくない。

「爆麺なかったら俺ら餓死してたかもな。空よー見つけてくれたわこれ」

「知らんことにびっくりしたわ。昔からよく食ってた」

「見たことないけどな」と笑いながら言った雄也は麺をフーフーする。

空にとっては昔から馴染みのあるカップ焼きそばだが、確かに地元の駄菓子屋と近所の激安スーパーの2か所以外で見たことがなかった。

「そういやバイト見つかった？」

口いっぱいに麺を頬張りながら雄也が聞く。

「いや、牛丼店面接いったけど土日絶対入れって。もう日雇いバイトからやろかな」

底辺投稿者なのでもちろん動画投稿で得られる収益はない。生活のために雄也はコンビニで夜勤のバイトをしていたが、空は元々働いていた居酒屋のバイトを辞めていた。なんとなく、「YouTuberになる」ことをバイト仲間に告げることができなかったのだ。

次のバイトも見つからないので、日雇いバイトからはじめることにしていた。

「いいやん。あ、てかまた真《ま》っ直《す》ぐフォークからメッセージ来てた」

「暇やなーあいつ」

真っ直ぐフォークとは、空たちの動画によくコメントをくれるユーザーであり、再生数もコメント数も少ない2人にとっては貴重な視聴者だった。

「真っ直ぐフォークからしかメッセージ来てなかったからさ、途中話すことなくなってきて、あいつ気遣って、仮眠とるわ〜って。あんま仲良くない2人が友達の部屋で宅飲みして、まあまあの時間2人きりになってしまった、ってな時みたいなってた」

こういったファンとのやりとりは、空と雄也が動画投稿をはじめる時、毎朝6時〜7時の1時間は視聴者にＳＮＳでメッセージ返信をしよう、と約束事として決めていた。空と雄也の1日置きの日直制度で行っている。ただ、メッセージを送ってくれるユーザーがほとんどいないので、今となっては1日置きに休める空と雄也に対して、毎日やりとりしないといけない真っ直ぐフォークの方が過酷なノルマをこなしているようになっていた。

「真っ直ぐフォークも毎日来んでもええねんぞ。って言うたんやけどさ、売れたらこんなに会話できひんねんから。今が貴重なのよ、って言うてくれてたわ」

「ありがたいな。ほんまに。てか何で真っ直ぐフォークて名前なんかな」

「まあな。パスタとか食べづらいよな」と言った雄也に「あ、そっちのフォーク⁉」と声が出た。

「逆にどのフォーク？」

「野球の変化球、落ちる球」

「真っ直ぐやねんから、変化球ちゃうやん」

「まあそうやけど。てかなんか目標立てようか。がむしゃらにやってても、あれやし、意味ないし」

「そやな。なにがええやろ。やっぱトレンドランキング？」

「いいな！　トレンド1位を最初の目標にしよう！」

「流行になる。分かりやすくて良いな。生配信とかトレンド入りしやすいって聞くよな。同時接続数10万人とか言うてるやん」

「確かに！　来週あたりやってみようか！」

そう言って空は、爆麺最後の一口を頬張りながら両手を合わした。

お皿とコップを台所に運び、雄也が気合い入れの声を発する。

「やる気出てきたな！　よし！」

この日撮った動画の再生回数は過去最低の39回だった。

※

広いゴルフ場の横をなぞるように続く長い1本道の、歩道がない側を歩く。多くはないが車が通るたび、気持ち体を細くして過ぎるのを待つ。ゴルフ場横を抜けると短い歩道が現れて、右に曲がった所にあるのが、通い慣れた関橋大学だ。

時期は夏休みだが、空は休学届を提出しに学校に来ていた。後期の学費も払ってもらえず、YouTuber一本で行く勇気も当然ない空にとっては、休学が唯一の手段だった。

キャンパス内に入ると、チラホラだが学生はいた。夏休みなので当然少ないが、その少ない人影を空はいちいち気にしていた。

サークルメンバーに会いたくなかった。陰口を聞いてしまったことで気まずいのもあるが、それよりも、進路について聞かれることが怖かった。

サークルメンバーのグループチャットでは「親にもキレられて色々やらなあかんこと増えたからしばらく顔出せない」とだけ伝えている。もちろん「YouTuberをしている」なんて言えない。サークルの時間はグループチャットで確認していたので、あえて時間をズラして来ていた。

食堂の方へしばらく進むと、左側に大きく建つ棟の奥にある、低めの古い棟が学生課のある所だ。中に入り、受付を呼ぶ。カンニング行為の時に空に激怒したおばちゃんスタッフだった。「何かまた言われるか」と思ったが、おばちゃんは別人のように淡々と、休学の手続きを行ってくれた。前回も、特に空のことを心配していたのではなく、「カンニング行為をした学生には愛を持ってキレるおばちゃん」でいたかっただけなのかと感じた。

手続きを待っていると「空！」と声が聞こえる。振り返ると、同じサークル仲間の未来《みく》が立っていた。未来は前回空が学生課に呼ばれた後の食堂にもいなかったし、少人数クラスのメンバーでもなかった。空のカンニング発覚以降、初めて会う。

「おお。久しぶり」

「おお！　ちゃうねん！　何してんねんほんま！」未来は笑いながら空の背中を叩く。

「今は？　何してんの？」

「ん？　なんか色々せなあかんねん」

「やばそうやな」

キャッキャと笑いながら言う未来は可愛かった。

「未来は何してたん？」

「なんか夏合宿の申請？　みたいなん今年からせなあかんらしくて。やってた」

「そうなんや」

「空は今年来れるん？　夏合宿」

フットサルサークルでは毎年、夏休みと春休みに4泊程度の合宿を行う。合宿と言ってもフットサルをするのは少しで、ほとんど観光と、浴びるようにお酒を飲むだけだ。

「今年は無理そうやな」

「そっかそやんな。今みんな食堂おるけど来れへんの？」

「え？　なんで？」

「申請書だーれも書いてなかったから、みんなで書きにきてん。ついでにカラオケいこーってなってて」

「そうなんや。俺は終わったらすぐ帰らなあかんから無理やな」

「そっかー。了解。またね！　頑張れ色々」

未来はそう言って棟を出ていった。恐れていたことが起きた。今みんなに会っても、上手く話せる気がしない。「早く終わらせてくれ」という空の想いと裏腹に、おばちゃんは淡々と作業を行い、ゆっくりと説明をした。

説明が終わると、10分以上前からスマホにメッセージが届いていた。「空！　一瞬食堂来てや！」蓮からだった。気づかなかったフリをして先に帰ってしまおうと思い棟を出ると、前のベンチに絵梨花が座っていた。

「あ、空」

絵梨花は笑顔で手を振る。

何でここにいるのだろう。学生課のある棟にはみんな基本的に行くことはない。未来や蓮たちから聞いたのだろうか。

「お、久しぶり」

手を振って声をかけながらも、身体の向きは帰路を向いたままだった。「早く帰らないといけない」空気を漂わせている。

「急いでるよな。未来から空いるって聞いて」

「あーそうなんや！　ごめん色々やらなあかんくて」

「ううん！　てか空最近連絡もあんまり返してくれへんやん！」

「あ、ごめん忙しくて」

もちろん、忙しさとは違う気まずさがあった。

「そうよな。ごめんな今も急いでるよね」

絵梨花は何か言いたげに、下を向く。

もしかしたら、絵梨花も周りに合わせて空の悪口を言っただけで、本心ではなかったのかもしれない。空が雄也を笑ってしまったように。

空は身体の向きを絵梨花の方になおして、「どうかした？」と聞いた。

絵梨花が「ううん！　これ、今大変だろうから差し入れ」と言って、持っていたコンビニ袋から取り出した物を見た瞬間、嫌な予感がした。

空が動画で使用した物と同じ、チューブ型ゼリー飲料だった。

「え？　あ、ありがとう」

　そう言って手に取る。確かに、差し入れの定番のような品ではあるから、偶然かもしれない。そう思い、キャップを開けようとすると、新品独特の「ピキピキ」という音が、しなかった。企画で意識してキャップを開けたから分かる。

　間違いなくこれは、一度開封されている品だった。背中のシャツにじんわり、汗が染みるのが分かる。

「え、これ開けた？」と空が聞くと、明らかに動揺した絵梨花が「え、開けてないよ！　飲んで飲んで」と答える。「いや開けたやろ！　なんかしたやろ！」と笑いながら言う。上手く笑えている内に終わらせて欲しい。「してないから！　いいから飲んで！　はやく！」と絵梨花は急《せ》かす。左奥の雑木の裏から笑い声が聞こえて来た。それに合わせるように絵梨花も「早く早く！　とりあえず飲んで！　はい！」と、笑いながら勧めてくる。それでも空が飲むのを渋ったので、雑木の裏からサークルメンバーが数人出てきた。スマホで撮影をしている人もいて、はっきりとした嫌悪感を覚える。勢いよく出てきた蓮が「おい～！　雄也君に負けないリアクション取れよ！　じゃない方芸人みたいなるぞ！」と大きな声を張り上げたと同時に、他のサークルメンバーも笑いだす。「ノリ悪いってー！」など、あくまで仲の良い間柄のおふざけとして笑っていた。いや、そもそもこれは本当に仲の良い間柄の、ただのおふざけかもしれない。それでも今の空は、全力で笑うことができなかった。

「え、YouTube知ってたん！」

無理に作った笑顔のせいで、頬肉に緊張が走る。「見つけたよ！　チャンネル登録してるで！」奥にいた秀一が言った。「チャンネル登録してる」と言うと、馬鹿にせず応援している証《あかし》だと、主張されているように感じた。

次は空が何か言う番だったのだろう、それでも何も言わなかった空に「なんか言えよ」という笑いが起きて、その後も無理をして笑顔を作っているだけの空に、気まずい空気が流れる。美咲が「やば～」と言ったが、何に対して言ったのか分からないことにした。

「もうYouTuberとして生きていくん？　雄也君と同じ夢追いかける感じ？」

最大限、友人同士だった時と同じトーンで、あくまで友達として聞いているというように、蓮が質問してきた。

「そう。俺も夢を追いかけてる」なんていう考えすら起きず、「いや、手伝ってるくらい。休学してからさ、バイトでまず学費貯めないとあかんくなってん。親にキレられたから。だからその間だけ手伝う的な？　金貯まってから単位取って、就活する」と答え、足早に帰っていった。みんながどんな顔をしていたのかは分からないが、自分の笑顔はさぞぎこちなかっただろうな、と言う恥じらいをすり潰すように地面を擦りながら、駅へ歩いた。

※

休学届を出した後は、大阪の繁華街で雄也と待ち合わせをしていた。普段から2人でしか動画を撮らないことから「画がわりが欲しい」と言う雄也の提案で、今日は街角インタビューの撮影だった。

正直空はまだ再生回数が低いYouTuberである今、街角でインタビューをすることに抵抗があったが、雄也のゴリ押しに負けた。

繁華街へ向かう電車の中、目の前には空よりやや年上ぐらいの若手会社員2人組が座っていた。仕事終わりか、外回り営業途中だろうか、周りに迷惑をかけない程度の声量で楽しそうに会話をして笑っていた。空も普通に卒業できて、就職を決めていたら数年後は同じような生活だったのだろうか。幸せと感じていたのだろうか。自分が何をしたかったのか、今選んでる道は、本当に正解なのか、分からなくなっていた。

繁華街に着くと、雄也は先にいて、そのまま打ち合わせに入る。打ち合わせといっても、喫茶店などに入るほどの金銭的余裕もないので、道の隅で立ったまま流れを合わせる。打ち合わせの進行はいつも空が担当するのだが、今日は気もそぞろになってしまって、スムーズに進まない。

雄也が「なんかあった?」と聞いて来たのを待っていたかのように「ちょっと話したい。喫茶店入らん?」と言い、2階に飲食スペースのある大手チェーンの喫茶店に入った。2人とも一番安いアイスコーヒーのSサイズを頼み、階段を登ってすぐのテーブル席に座る。

「どうしたん」

雄也は、真っ直ぐ空の目を見て聞いて来た。

空は合わせることができず、窓際のカウンター席の人を見るような仕草で誤魔化した。

「うーん。なんか色々考えたんやけどさ、分からんくて。このままYouTubeでやっていけるのか」

「はや! 心折れるの!」真剣な話をする予定だった空の出ばなをくじくように、雄也は笑いながらツッコミを入れた。

「2週間て。夏期講習より短いやん」

「いや、手伝いとかはできるよ? 雄也の。でも俺はなんか、普通に大学卒業までしてから、普通に暮らす方が合ってる気がして」

アイスコーヒーの氷をストローでかき混ぜる。角氷が沈んでは浮き出て、また沈む。そんな光景を、真剣に見る。

「普通って何？」

前を向くと、雄也はまだ空の目を見ていた。空はすぐに氷に逃げて、「え、いや普通に就活みたいな」と言った。

「YouTuberは普通じゃない？」

「そういう意味じゃない。雄也のことは応援してるし。でも、親も怒ってたし、普通に働かないと安定せえへんし」

「安定ねぇ」と言って、アイスコーヒーをストローで一口飲んで、苦そうな表情を浮かべながら雄也が話しはじめた。

「なんかさ、安定安定ってみんな言って就職するけど、それほんまに安定してるんかな」

「どういう意味？」

「大企業に行けば安定。就職したら安定。みんなと同じような仕事やったら安定。とか言うけどさ、それ〝安定〟じゃなくて、〝安心〟したいだけちゃう？」

「あー」賛同したくないテンションで答える。

「大きな船にみんなが乗ってるからきっと大丈夫やろ、って。多分、大きな船でも乗ってるのが自分一人やと心配になるし、大きな船にみんなで乗ってても、その船が沈む可能性はあるよ。本当の〝安定〟ってのは、〝自分でバランスの取り方を覚えること〟やと思う」

雄也の言葉を聞いた空は、少し遅れてから深く頷いた。

雄也はきっと誰よりも、真剣に、賢く、逃げずに先のことを考えている男なのだろう。

やっぱり雄也はかっこいい。同い年の友達に対して、心からそう思った。

「まあ、雄也が言うてることは分かる。でも俺YouTuberなんか向いてないんかなとも思うからさ」

「まだ分からんやん」

「いやでも今までの企画も、俺はもっと再生されると思って作った。でも実際はめちゃくちゃ再生回数低いし、その時点で向いてないとは思う」

「1回やってみて分かるのは向いてるか、向いてないかじゃない。できるか、できないか、や。向いてるか、向いてないかを知れるのは2回目以降。続けたやつだけや。最近見てるYouTuberが言うてた」

「いや、7本出したやん」

「7本で1回とする」

「なんやその理論」

空がそう言うと、雄也は少し考えた後「窓際の席に行こう」と言った。訳も分からず、アイスコーヒーを持って窓際のカウンター席に横並びで座る。繁華街の人々を、2階席から見ることができた。

「見て。あそこ、めちゃくちゃナンパしてる。女の人嫌がってる」雄也は、交差点前でナンパをしているチャラい男を指差しながら言う。

「んで、あの人、絶対怒られてる」

今度は会社員の、上司と部下のような2人組。部下は足速に歩く上司に必死で追いつきながら何度か頭を下げていた。

「あ！　みて！　彼氏きてる！」

今度はさらに声を張って、再びナンパ男を指差す。おそらく女性の彼氏らしい、イカつい見た目の男が現れて、詰められているのが見えた。

「ほんまやな。てか何これ」

空が聞くと、雄也は空の目をまた真っ直ぐ見て言った。

「空は、あの彼氏にキレられてる男を見て、どう思った？　ざまあみろって？　怒られてる部下を見て、滑稽に見えた？　偉そうにしてる上司が、もっと上の上司に怒られるかもしれないのが楽しみ？」

「は？　いや、そんなこと」

「そうやろ？　空はきっと、彼氏にキレられてる男も、しつこいナンパに疲れた女性も、彼女をナンパされた彼氏も、怒られてる部下も怒ってる上司も、〝みんな笑顔になれば良いのに〟って思うてるやろ」

雄也は優しい笑顔で、繁華街の人々を見ながら続けた。

「それな、めちゃくちゃすごいことやと思うで。俺は空のそういう所が好きやし、空以外に、そこまでみんなの幸せを願える奴を知らん。クラスでさ、俺のYouTube馬鹿にされたやろ？　あれ内心ではめっちゃ悔しかってん。なにが応援してるや、馬鹿にしてるだけやんって思った。でも、空がいたから大丈夫やった。空だけは、みんなが幸せになれば良いのにって思って言葉選んでくれてるって分かってた」

雄也はまたアイスコーヒーを飲んだ。２口、３口と、グビグビ飲んだ。苦味に慣れたのだろうか。

「空はやっぱり、最高のエンターテイナーやと思う。みんなの笑顔を願う奴こそエンターテイナーやろ？　難しいよな、笑かすと笑われるの違いって。でも、俺と空なら創れると思う。世界の全員が、心から笑顔になれるエンタメ。だから、俺は一緒にやりたいよ」

空の返事を聞くことなく、雄也は打ち合わせをはじめた。

空は途中、打ち合わせを遮るかのように「うん」と答えた。「ありがとう！　やろう！」

と笑顔で言い切ることはできなかったけど、その時の表情は等身大のものだったと思う。迷いと悩みと悔しさと、ほんの少しの期待がこもった心を、まだ離さずに持とうと思った。自分のことを、自分以上に信じてくれる友達の期待に、応えたいと思った。まだ半信半疑の自分の夢を、もう少し追いかけたいと思った。

撮影後に母親から「思い出した。アンタ4歳の時にお母さんのママチャリより、スポーツ用のかっこいい自転車が止まってるのをみて〝はやいやつ〟って言ったのよ。齢《よわい》4歳にして形状だけで見極めよったで」と、メッセージが来ていた。この日に撮影したインタビュー企画はまた、過去最低記録を更新した。翌週の生配信には「真っ直ぐフォーク」しか来なかった。気合いを入れた生配信が同時接続1人。配信中、「1人なら生電話で良かったな」と呟いた雄也に、3人で爆笑した。

3

「お前みたいな仕事舐めてる奴みてたらイライラすんねんボケ！」

2階建て大型倉庫の横にある、砂色になったプレハブ事務所に怒号が響き渡る。

目の前に座っている正社員の男がさぞかし気持ちいいであろう罵声を吐いた瞬間、空は今日の仕事の〝成功〟を確信していた。

おそらく30代前半、〝刈り上げた〟というより〝刈られた〟という言葉の方がしっくりくるくらいに刈られたヘアーをした正社員の男が、上下青色の作業着に身を包み、説教で威厳を出すためにわざと組んだであろう左足の裾からは、差し色のオレンジ靴下が見えていた。

「間違いない。酔いタイプだ」

酔いタイプとは、何度も日雇いバイトを重ねて様々な職場を経験した空が編み出した〝サボりやすい正社員タイプリスト〟にて、上位に食い込む類型である。このタイプは仕事の効率なんかよりも、自分が気持ちよくなるために説教をする。説教をする自分に酔っている。先輩社員への挨拶の仕方や、言葉遣いから何となく見抜いていたが、朝、出社直後に空を含む日雇いバイトの担当社員だった刈られたヘアーのこの男が「西ノ浦《にしうら》さんはマジで怒らすなよ。えぐいくらい怖いからな」とドヤ顔で語っていたことが決め手になった。こいつは間違いなく〝仕事中に怒る〟ことをかっこいいと思っている。

「おい聞いてるんか！　黙ってても会話ならへんからなんとか言わんかい！」

会話とは本来、互いに言葉を音か文字などで表現し合うことで成立する。しかし、例外もある。それが今回のケースだ。現に今この瞬間まで空は特に言葉を発していないが、正社員の男は明らかに気持ちよさそうに説教を続けている。

「バイトやからって適当に仕事していいわけちゃうぞ！」

うむ。とっっっても気持ちよさそうだ。

正社員の男が今求めているのは自分の主張に対する意思のこもった返答ではなく、濃い人生経験を得ている上質な自分の思考に太刀打ちできずにうろたえる未熟な青少年の姿だ。今この瞬間においては、正社員の男が求める〝会話〟が成立している。

「だいたいお前その髪色なんやねん。仕事するやつの髪色ちゃうやろ」

空は現在、派手な青色の髪をしている。YouTuberとして、少しでも目立つためで、雄也の提案だった。空は純粋にカッコ悪いから嫌だったが、そう言うこともできなかった。雄也はピンクだった。

「もうええわ。言うても分からんやろから、まだトラック残ってるやろし、お前すぐトラック乗り場に行ってこい」と言われるのを正社員の目線と手つきで勘づいた空は、食い気味で言葉を発した。

「あの、ちゃんとやろうと思ってたんですけど、何していいか分からなくて」

その言葉を聞くや否や、返しの雛形《ひながた》でも用意されているのではないかと思えるレベルで、過去の職場で散々聞いた罵声が飛んできた。

「分からんかったら聞いたらええやろがい！」

正社員の男の酔いがさらに深まる。

よし。順調だ。この調子だと後20分は説教が続いてサボれるだろう。

空はこうして何度も日雇いバイトに来てはサボることに頭を使った。大学を休学した約3年前からはじめて物流・引っ越し・倉庫仕分け・イベント設営など。数えたことはないがおそらく400回程度の日雇いバイトをこなした。日雇いバイトほど楽なバイトはない。なによりも人間関係がリセットされる。

たとえ大激怒されても、使えない奴だと思われても、その日限り。空からしたら、同じ時間を職場で過ごすだけで同じ時給が出るのに頑張る意味が分からなかった。1人でエレベーターに乗ると、行き先階を押さずにエレベーターが勝手に動くまで中で待機したり、階段を上り下りする現場では踊り場横の壁に隠れたり、監視役の正社員が替わる場合は1人につき5回以上トイレに行って戻らなかったり、あの手この手を使って楽をした。

今では正社員の特徴を見極めることや、楽な業務が長続きするよう、作業効率をバレない程度に落とすこともできるようになった。

今日はかなり調子が良い。朝の社員たちの会話から、相当キツイ〝エレベーターなしの5階現場〟があると知った空は、トラックに乗らないために朝から倉庫内を隠れ回った。どうやら六号車のトラックに乗ると、エレベーターなしの5階現場に連れて行かれる。日雇いバイトがトラックに乗せられるのは本当にその場の成りゆきだ。もう1人欲しいと言うドライバーの気持ち1つで「おい！　お前乗れ！」などと声をかけられてしまう。せめて六号車だけはなんとしても避けなくてはならない。

男子トイレは個室が2つしかなかったので、中に誰も入っていないのに個室トイレ前で順番待ちをしているフリをして時間を潰す。しばらくすると中に入って更に時間を潰す。そうすることで2人分の便時間を確保できた。そうこうしてる間にトラックがほぼ出発したことを確認した空は、トラックに乗らない組が行う倉庫内の仕分け作業に取り掛かる。

そして酔いタイプであるこの差し色靴下正社員の前でわざとだらけた仕事をして、説教と言う堂々たる休憩時間を得たのだ。

説教がはじまってからの間にも、数人のドライバーらしき正社員がトラックのキーボックスから鍵を取り出して駆け抜けていく。いかにも古びたプレハブ事務所らしいガチョンという扉の開閉音が癖になってくるほどで、もうほとんどトラックは残っていないだろう。

「ほんまに、だらしないなぁ！　お前、なんか夢とかないの⁉」

「ウヒャ」思わず歓喜の声を漏らしかけた空は慌てて反省した顔を作り直した。

「夢はないのか？」説教中にこれを聞かれるのはごく稀《まれ》にあるが、空にとっては最高のボーナスワードである。

「あります。友達と起業したいんです。2年半前に大学を辞めて、金貯めてます」

こう答えると、酔いタイプの説教はエスカレートする。「社会を舐めすぎだ」と、さらに数十分は休憩時間を稼げることを確信した。

「後悔すんぞ。〝俺はずっと何やってたんだろう〟って思う瞬間が必ず来る！」

来ない来ない来ない。ただこうしてよく見ると、この刈られたヘアーの正社員は根は良い奴なのだろう。きっと自分が説教した未熟な青少年が更生したら、とても喜んで応援してくれるタイプのはずだ。この状況においては客観的に見て、自分が悪側であることを認識する。

そんなことよりも六号車トラックが出発したのかどうかが気掛かりだった。まあこの調子で説教されてる内に、出発するだろう。

「ほんまお前は言うても分か……ん？」

説教を続けながらスマホを見た正社員が何かに気づく。

「お、やば！　もうこんな時間やんけ！　行かなあかん。もうええわ！　続きは車内で話したる。お前、俺のトラック乗れ！」

急いで出発の準備をしながら言う正社員はそのままトラックキーボックスから〝六〟と書かれた鍵を取り出した。よりによってあの六号車が残っていた。

「早《は》よ行くぞ！　5階建てエレベーターなしやからな！　張り切れよ！」

「……」

俺はずっと何やってたんだろう。

空を乗せた六号車トラックは、刈られたヘアー正社員の運転で、5階建てエレベーターなし現場へと発進していった。

※

雄也のアパートの階段を上がるたびに、ふくらはぎが存在感を示す。両腕は腰に手を添えることすらキツく感じた。

結局、今日は最悪の一日だった。トラックでも延々と説教。刈られたヘアーの正社員が空の説教なんぞに時間を使ったせいで、他のバイトを呼ぶこともなく２人で業務を行う羽目になった。明日は絶対に筋肉痛に苦しむ日になるだろう。なんとか２階へと上り、雄也の部屋の前でスマホを確認する。空が登録している日雇いバイト人材派遣会社から「業務は終了しましたか?」と連絡が来ていた。

「ミスった」日雇いバイトはその日の業務が終了したタイミングで、派遣会社に「業務終了報告」を送信しなくてはいけない。空は急いで業務終了の文章を作り、担当正社員の名前を記入する欄で刈られたヘアーの正社員の名前を思い出そうとしたが、鈴木《すずき》か鈴村《すずむら》か杉《すぎ》野《の》だったか、忘れてしまったので「刈谷《かりや》さん」と記入して送信した。

雄也からも「編集してるから入ってきて」と連絡が来ていたのでノックもせずに中に入った。狭い廊下の奥にある洋室に入ると、雄也が黙々と編集作業をしていた。

空に気づくと顔を上げて「おう」と声を出す。空も目で応えた。そのままテーブルに座り、最近の動画の再生回数を確認した。空と雄也のＹｏｕＴｕｂｅアカウントは現在登録者数６８０００人。１本あたりの平均再生回数は１０００〜１５００回程度だが、一応人気シリーズの「ツッコミ泳がし企画」は平均3000~4000回は数字が取れていた。ツッコミ泳がしはその名の通り「ボケを泳がしてからツッコむ」がテーマの企画。毎回片方が用意した〝ボケ〟に対してすぐにはツッコミを入れず、時間差でのベストタイミングを狙う。しかしこのシリーズも含め、動画の再生回数は右肩下がりだ。

最初に伸びたツッコミ泳がし企画は1・8万回を超えるプチヒット動画になった。この回は雄也がボケを用意する順番で、「空と雄也の2人でレンタカードライブ」と言う建前のものだった。しかし、空が後部座席に乗り込む時には既に助手席に空の知らない男が座っていた。知らない男は学園ラブコメ漫画の主人公のような無難なヘアースタイルをしているくせに、ガムをくちゃくちゃ噛《か》んでいる。〝2人でドライブなのに当たり前かのように知らない男がいる〟と言うボケなのだろう。動画タイトルは「友達とドライブする時に助手席に知らない男が乗っていたらいつツッコむのか?」である。

空は雄也と助手席の男に「ごめん遅なって。いこか」と声をかけた。

雄也の運転で発進した。

「クーラーもう少し強くしてや」と空が発すると「悪い、悪い」と助手席の無難ヘアーがクーラーの風量を上げる。

「でも助手席ちょっと寒いねん」

無難ヘアーが後ろを向きながら空に笑いかけてきた。動画的に、視聴者からして「知らないやつ」である彼は「なんでそんなテンション高いねん」と思われるようなハイテンションの方が良い、と自分で認識しているのだろう。

「まあ、あれやったら風量下げてええよ。てか、晴れて良かったな〜」

「マジそれ！　ピクニック日和になったな」

雄也が空の会話に合わせる。

「あ、今日ピクニック行くんや。食いもんは？」空が聞くと「俺が作ってきたで」無難ヘアーがドヤ顔で答える。「ありがとう〜！　なに？」空ができるだけ自然に返す。

「サンドウィッチ！　3人前作ったよ」と答えた無難ヘアーに対し、雄也が「あ、僕にもですか？　すみません。初対面なのにありがとうございます」と前を向きながらお辞儀をした。

「お前もこいつのこと知らんのかい」

そう心の中で思っただけでなく、つい「おまっ」まで声に出してしまい、さらには下を向いて笑い声をこぼした空。つられるように雄也と無難ヘアーも笑いを我慢している。そこから動画はカット編集され、いきなりピクニック場に到着していた。

「いぇぇぇぇぇい！」綺麗な自然を前にしてはしゃぐ無難ヘアー。その勢いのまま「30秒逆立ちできたら、どのサンドウィッチを食べるか俺が一番に選んでいい⁉」と提案しだした。そもそもお前が作ってきたんだから選んでいいんだよ、という笑いを故意にカメラに見せて「よっしゃ測るで～」と答える。

「いきまーす！」と大きな声をあげて無難ヘアーが綺麗な逆立ちをはじめた。

途端にTシャツが首元まで捲《まく》り下がった。想像よりもふくよかな腹と、濃いギャランドゥに少しびっくりする。

「ギャランドゥ濃いんやね」と空が聞くと「あ、待って。ちょっとほんまに恥ずかしいからシャツズボンの中に入れて」とはじめてボケようとしていないリアルなテンションで無難ヘアーがつぶやいた。空は助けには応じずに「てか、お前誰やねん」と強めにツッコミを入れたところで3人が吹き出し、動画は終了していた。

再生回数の1・8万回は決して「バズった！」と言えるほどの数字ではないが、空と雄也が2人で面白いと思えた動画が1万の大台を突破したので、心から嬉しかった。コメント欄にも「素で笑ってるところつられて笑っちゃう」などの賞賛コメントが何個か届いた。半数以上が「素人同士の低レベルな笑いを見せるな」などの批判意見だったが。

ちなみに過去一番再生回数が伸びた動画は大阪の道頓堀《どうとんぼり》に行き「道に迷ってるフリしたらナンパ余裕でできるのか⁉」という企画である。「面白い」などのコメントは全く届かなかったが、3人目にナンパした女子大生がめちゃくちゃ可愛い上にノリも良かったので「3人目の子が天使すぎる」などのコメントが大量に残され、1週間後に初めての1万再生を突破した。自身がYouTuberになる前は想像すらしていなかったが、底辺投稿者にとっての1万再生はとてつもなく高い壁だった。投稿動画のサムネイルとタイトルの下にチャンネル名が表記されていて、その横に再生回数が載る。これが500回、4000回、9897回などから「1万回」と急にシンプルになる。これがたまらなくかっこよくて、憧れだった。

はじめて取った日は雄也と大喜びして、泣きそうになった。「泣きそうになってるやけ！」とツッコんできた雄也は泣いていた。それほどに、1万再生を取れている投稿者がとてつもなく遠い存在に感じたし、一生取れないのではないかと思ってしまうほどのレベルだった。

そのまた1週間後に動画は急激な爆発をして1か月で80万再生、今では200万再生超えのヒット動画になった。正直登録者のほとんどがその動画によるものである。この動画のおかげで公開月と翌月は収益が20万円を超えた。

最新動画の再生数は2日前に出した「ツッコミ泳がしシリーズ」の1400回。コメント欄には「いつまでこのつまんないシリーズを続けるんだ」などの酷評が届きまくっていた。空自身も、このまま続けても何者にもなれないことは分かっていた。

「ごめん！　編集ちょっと押しちゃって」

イヤホンを外し、パソコンを閉じながら雄也が席を立つ。

「全然。おつかれ」

「爆麺食べる？」

「うん」

爆麺はYouTuberになってからの3年間もよく2人で食べていた。YouTube収益が発生しているといっても、まとまったお金になるのはバズった動画があった月だけで、平均月収で言うと1人1万〜3万円程度。空は日雇いバイト、雄也はコンビニの夜勤バイトで生計を立てていた。それでも〝YouTubeでお金をもらっている〟という事実は、空の心の支えになっていた。

雄也は封を開けた爆麺にお湯を注ぐ。3分たって、お湯を切り、お皿に取り分けるまで、特に会話は行われない。

3年も一緒にコンビ活動をしていると、基本的な会話数は減る。仲が悪くなった訳でも、嫌いになったわけでもないが、〝友達〟とは少し違う空気感があった。もちろん、くだらないふざけ話もするが、「わざわざ盛り上げよう」という感覚にならないのだ。

「いただきまーす」

ソースを麺に絡ませながら雄也が食べはじめる。空も手だけ合わせて、爆麺を大きな塊にして口に放り込んだ。

2口目の湯気を息で飛ばしながら、雄也から話しはじめた。

「昨日のウソノヒト見た？」

「見た。えぐいなあれは。またトレンド1位って」

「トレンド入りやと24本連続？　凄いよなほんまに」

「ウソノヒト」はここ数年で一番勢いのあるYouTuberだ。3年前あたりに出した「ブラック企業の真実─入社前と入社後の全記録レポート─」という動画が公開後1か月で400万再生を超えるメガヒットを叩き出した。

内容は創作物のレベルを遥《はる》かに超えていて、実際にブラック企業で過ごした会社員が入社してから退職するまでの8年間の日々が事細かに記録されている。生活リズムだけでなく実際に上司から受けたハラスメントの数々、説教の録音やメールの文面、入社前の企業説明会の資料に書かれていた内容と実際とのギャップも明確に説明されており、そこにはブラック企業が入社前の会社員についた「ウソ」の証拠があった。

動画は1時間20分を超える。当時のＹｏｕＴｕｂｅでは破格の長さだ。それでもシンプルにまとめてあるので、翌日以降に8年間分を事細かに載せる各動画「ブラック企業─上司とのメール全貌─」「ブラック企業─上司との電話全記録─」「ブラック企業の実労働時間記録」などの30分程度の動画が毎日公開され、そのどれもが〝1人の人間がとことん追い込まれた現実性の高い記録〟であり、１００万再生超えを連発。特に「先に辞めた同期との4年越しの対談」動画はメイン動画を超える数字を出した。

結局1年後には最初の動画は１７００万再生超え、対談動画は２４００万再生を超え、投稿開始から約7か月で登録者数１００万人を突破。当時のＹｏｕＴｕｂｅでは登録者数１００万人突破の日本最速記録として話題を呼んだ。

しかし、世間が「ウソノヒト」に驚いたのはその後だった。投稿開始約1年ですっかり「ブラック企業の闇を公開する人」と言うイメージがつき、安定した人気ＹｏｕＴｕｂｅｒになっていたウソノヒトが突然ある動画を公開したのだ。

「結婚詐欺の全て─愛する女性に２５００万円騙《だま》しとられていた男の全記録レポート─」

動画は公開翌日に２５０万再生を突破。内容は半年交際していた女性が、常習犯の結婚詐欺師で、そのデート中や連絡のやり取りを全て記録したもの。愛を盾に人を騙すたくさんの嘘の証拠が記録されていた。

動画は数字こそ伸びたものの「さすがにフェイクでしょ」「はいはい。ついにやらせか。ウソノヒト好きだったけど終わったたね」「ブラック企業シリーズで稼いで金に目が眩《くら》んだか。真実とやらせの違いくらい分かるよ視聴者は。登録解除します」という批判コメントが大量に発生した。さらには「ブラック企業もそもそもやらせ」という過去動画の否定まで続き、「ウソノヒトはリアルなのかフェイクなのか」を検証する小物ＹｏｕＴｕｂｅｒまで現れた。

世間の声は批判の方がどんどん膨れ上がっていき、公開後１か月で１０００万再生を突破するも、やらせ動画として認識している視聴者の方が多かった。しかし、事態はとあるニュースでひっくり返る。

実際にこの動画で扱われた結婚詐欺師「山瀬玲那《やませれいな》」が逮捕されたのだ。ＹｏｕＴｕｂｅで配信した動画が大きな証拠となり、１人の犯罪者まで捕まえてしまったウソノヒトには一瞬で賞賛の声が上がった。動画投稿者の域を超えた、社会のニューヒーローとまで讃《たた》えるる者まで現れた。

たった一つのネットニュースが公開される前と後のわずか1分足らずで、批判と賞賛は逆転する。その後もブラック企業シリーズ、結婚詐欺シリーズは毎日投稿され、高い人気をキープしていた。

半年ほど前から急激に動画尺1分以内の「ショート動画」が流行してからは「フリマアプリの嘘」としてフリマアプリに記載されている商品説明と実物のギャップが酷《ひど》かった物を紹介する動画を投稿。これまでとは違って可愛げを含んだユーモアも有り、人気爆発。「ブラック企業の闇を公開する人」というイメージは「世の中の嘘を暴く人」に塗り替わった。

「ウソノヒト」にはこれまでのYouTuberとは決定的に違う点があった。それは「顔出しせずに組織でチャンネル運営をしていること」だ。

これまでのYouTuberは特定の人間がチャンネルの顔となり「人」に人気をつけていたのだが、ウソノヒトは「コンテンツ」に人気をつけていた。動画で出てくる人間は常に首から下、顔が映ってしまった場合はモザイクをかけている。声もボイスチェンジャーで変えられていた。おそらく最初のブラック企業動画は1人で撮ったと思うのだが、それ以降は30分尺の動画が毎日投稿されている所や「結婚詐欺被害にあった男性」まで現れたことも有り、1人ではないことが判明。チャンネル主も特に隠すことなく、チャンネル説明欄には「制作スタッフ募集」という文言まで記載されていた。

「他のYouTuberは1人とか友達とかとやってるんだから組織でやるなよ。卑怯者」と言うコメントも少なくはなかったが、コンテンツの面白さで黙らせていた。結局、現在のチャンネル登録者数は420万人。再生回数は2年連続で堂々の日本1位を獲得していた。

先月に公開された新シリーズ「報道の嘘―過去の悪徳ニュースの真実とウソ―」はシリーズ全てがトレンド上位独占。

そこには過去のテレビや新聞、ネットニュースの過剰報道と現実を事細かに説明していくリアルすぎる内容が記録されていた。もう今の日本のYouTube界にウソノヒトと肩を並べたクオリティの動画を投稿できている人はいなかった。

ウソノヒトを真似て様々なレポート動画を出す投稿者は増えたが、そのクオリティには歴然とした差があった。「二番煎じだから伸びない」なんてのは投稿者の言い訳で、おそらくウソノヒトが2番目だったとしても追い抜いていただろう、そう確信してしまうくらいの丁寧な動画構成がウソノヒト動画にはあったのだ。完全に日本のYouTube界をぶっちぎっていて、空は悔しさすら覚えなかった。むしろ1ファンとして、コンテンツを楽しんでいた。

ウソノヒトが出てくる前までのＹｏｕＴｕｂｅは「素人おもしろ動画」というイメージだったが、「ウソノヒト」以降はコンテンツの質が爆上がりした。「レポート動画」というジャンルに加え、テレビ局が「バラエティ」を本気で制作したり、アニメ制作会社が自社アニメをそのまま投稿したり、新人の人気映画監督が本気で映画を制作して投稿したりするなど、ＹｏｕＴｕｂｅ業界は群雄割拠の時代を迎えるようになった。そうなると、もう空と雄也を含む「個人の素人」が活躍できるチャンスは減少していく一方だった。

残り少なくなってきた爆麺の隅に散らばった細かい麺を箸で集めて、一気にかき込んだ。雄也はすでに食べ終えていて、パソコンを開いている。

「あれ、ビデオ通話のＵＲＬどこやっけ？」

「メッセージで来てたよ。先週やな」

「あー、あった、あった」と言い、設定作業をする。

今日は撮影の前に、とある代理人とのビデオ通話による打ち合わせがあった。空と雄也にとってはじめての〝案件依頼〟が来たのだ。ＹｏｕＴｕｂｅｒの収入のメインは広告収益、次に企業案件が来る。空は期待に胸を躍らせていた。

「できた。いつでも入れる。８分後やな」

「ありがとう。あ、いつでも大丈夫ですってメッセージ来てる」

「ほんまや！　入るか」

空も雄也の横に座り、パソコン画面に表示されたこちら側の枠内に顔を収めた。

すぐに入室音が鳴り、お相手の顔が見えた。歳は30か40くらいの男性。スマホで参加しているのか画質が悪いのと、顎下からの角度で映っていて、なんかおもろい。

「あ、はじめまして〜。株式会社メディアZ GETの中尾《なかお》と申します」

「はじめまして。空に雄也の空です」

「雄也です。よろしくお願いします」

「お願いします〜」と言いながら、中尾はカメラを見ずに、何やら資料を手探りしているようだった。

株式会社メディアZ GETは、YouTuberなどのインフルエンサーが所属する事務所としてそこそこ有名である。所属クリエイターには登録者数100万人超えのYouTuberもいる。それほどのしっかりとした会社だが、空は少し違和感を覚えた。

こういった打ち合わせははじめてなので分からないが、何やら、やる気？　が感じられない。ひと言で言うと、舐められているように感じた。中尾はまだ資料をガサガサと整理している。確かに予定より早い開始とはなったが「いつでも大丈夫」と言った以上、準備を終えてから開始するのが普通ではないのか。とはいえ、自分だけの違和感かも知れない、と思い雄也の方を見ると、なにやらプルプルと震えていた。

下を向き、笑いを噛み殺しているようだ。「なにやってんだ」とも言えず、足を軽く左手で押すと、下の方で雄也はスマホを操作しだした。そのまま、パソコンの画面に立てかけるように、とある画像を見せた。

空が小学生くらいの頃に大ヒットして未だに根強い人気があるアニメ映画の「猿爺《さるじい》」というキャラクターだった。一目見て、すぐに雄也の言いたいことが分かった。覇気のない目、存在感のある鼻にボテッとした唇。それになんと言っても輪郭。どっからどう見ても、中尾とそっくりだった。空も雄也と同様に下を向き笑いを噛み殺す。そのタイミングで中尾は「はい。すみまっせん。えー、このたびはですね株式会社ノットロックボディさんからの企業案件でして、我々が仲介してご紹介させていただきたいと思いご連絡いたしました。改めましてよろしくお願いします」

ダラダラと、やる気がなさそうな説明を続ける中尾。自分たちのようなインフルエンサーに大量に声をかけているのだろうと察する。今日で何件目の紹介なのだろうか。やはり自分たちのような底辺投稿者は舐められているのだ。そんな中尾に対する怒りはもはや微塵《みじん》も感じず、ただ雄也が置いているスマホ画面を見ないように必死だった。

雄也がスマホを再び手に取り今度は下で何やら文章を打ち込んでいる。メモ機能に表示した文字を、パソコンに立てかけた。

「輪郭一緒すぎやろ。多分中尾の写真を下書きにして書いたやろ猿爺。もう一回よく見て」と書かれていて、パソコンの音量でも操作するフリをしながらスマホを指でスクロールして再び猿爺を見せた。空は限界が来て、咳き込むフリをして笑い声を誤魔化したあと、お茶を取るフリをして画面から出て、無音で笑いを吐ききった。

「すみません」と言いながら、咳き込んだからお茶を取りに行った態《てい》で席に戻った。中尾は特に怪しむことなくダラダラと説明を続けた。

案件は脱毛の施術依頼のようで、動画冒頭で脱毛施術の決められた文章を読むこと、本編では実際に施術を受けている映像と、終えてからの感想。この感想も決められた文章と大差ないものを言うのが条件だった。報酬は1人分の施術費免除と、1万円。さらにこれを受けてくれたら繋《つな》がりができるので、今後も紹介しやすいとのことだった。確定ではないが、「まず向こうに返事をするから明日までに連絡してください」と言われて説明は終わった。最後に質問があるか聞かれ、空は特にありませんと言ったが、雄也は「多分、思ってはるよりボーボーなんですけどそれでも無料ですかね」と聞いていた。

20分程度で打ち合わせは終わり、パソコンを閉じた瞬間「お前ほんまにやめろ！」と笑いながら、雄也の背中を叩く。雄也もケラケラと笑って「実写版かと思って焦った」と言って、水を飲む。

「この案件受けるよな」と当然のように聞く空に、雄也は「んー」と言葉を濁らせた。

「あれ？　受けへん？」

「なんか、微妙やったよな」

「あー、おっさん？」

「まあ、おっさんも雑やったけど、動画内容聞いたけど、なんか面白くなさそうちゃうかった？」

「え？」

「脱毛の説明文章は決まってるし、施術のリアクションも変なこと言うたらあかんやろ？　感想も決められてるって、なんやそれって思った」

「そういうもんちゃうの？　金貰うねんから」

「まあそうやけど」

せっかくYouTubeでお金を稼げるチャンスなのに、雄也は渋っていた。

「もったいないて。そんなこと」

「いや、面白いと思わへん動画は、出さん方が良くない？」

「でもこれで稼げたら、バイトも辞めれるかも知れへんやん。どんどん案件くれるって言うてたし」

「そうやけど……なんかな」

　雄也の言うことは理解できた。と言うより、空自身も思っていた。だからこそ、口に出してはいけないのだ。お互いそこには気づいていないフリをして、案件動画の報酬を貰うしかなかった。だが、口に出して雄也が言った以上「面白くない動画と分かってて投稿している」という意味がそこに込められる。そういう点を何も考えずに物を言う雄也に、少し苛立った。

「まあええけどほんなら。でもいつまでバイトするんよ」

「空、ウソノヒトのスタッフ募集に応募せーへんか？」

　空はお茶を飲もうとして動かしていた手を、コップに添えたまま止める。

「え？　どういうこと？」

「そのまんまや。ウソノヒトのもとで制作を学ぼう」

「コンビやめるってこと？」

「やめへん。手伝いで学んで、その経験を活《い》かして2人でコンテンツを作ろう。素人がセンスだけで闘える時代じゃない。このまま続けても、ウソノヒトを超えれるイメージがつかへん」

ウソノヒトを超えるなんて考えてもみなかった空は少しドキッとして、コップのお茶を一気に飲み干す。

「もともと2人でやりたいって言うてたのに変えるんか？　俺らがやりたいことじゃないやろ」

自分で言いながら、「だったら案件動画も、俺らのやりたい動画じゃないだろ」と思える。雄也にはそこを指摘しないでほしいと心で願った。

「やりたいことや。エンターテインメントを作る。何も変わってない。ビッグコンテンツのもとで学んで何が悪い。それに、このまま続けても何にもなれへんやろ。空」

真っ直ぐ目を見つめて想いをぶつけてくる雄也に、空はうろたえてしまい、目を逸《そ》らす。

「諦めんのかよ」

コップをキッチンに運ぶ。

「そうじゃない。YouTubeでヒットさせるには、演者プレイヤーとしてのスキルと、演出プロデューサーとしてのスキルがいる。俺と空は面白い。空の演出も面白い。でももっとそこを学ばないとあかん。3年やってこの結果ってことは、受け止めなあかん事実もある」

雄也の言うことは全て理解できた。その通りだし、今のままでは何も変わらないと分かっていながら、新しい挑戦を恐れていた。

中学入学の頃、サッカーをはじめたいと思っていた。だが、小学生からスクールで習っている人が多い部活だったため、「レギュラーになれないかもしれない。でも、挑戦したい。どうしよう」と爺ちゃんに言うと、「同時に陸上部にも入ってサッカー部で一番足が速くなればいい」と言われた。「そんなことしてる人いない」と答えると、「ええか空。挑戦という言葉は〝持続性のある状態〟のことを指す訳やない、〝単発的な行動〟のことを指す。〝素人でも経験者ばかりのサッカー部に入部する〟という行動のことを〝挑戦〟と呼ぶのであって〝経験者ばかりのサッカー部に入部した素人〟のことを常に挑戦者とは呼ばへん」

難しい話にキョトンとしていた空を置いていくように、爺ちゃんは続けた。

「挑戦ってのは連続的に起こさなあかん。未経験でサッカー部に入部した子は、その瞬間をもって〝普通のサッカー部員〟になる。次は〝普通のサッカー部員〟を脱する挑戦をしなければ夢や目標は叶えられへんのや」

当時の空にはよく分からなかったし、結局部活の兼部は禁止されていた。それでも爺ちゃんは「爺ちゃんの他の言葉は無視してええし、忘れてもええ。それでも今言うた話だけは忘れるなよ。空の、お父さんの言葉や」と言っていた。

今なら分かるし、まさに今の空は同じ状況だと思う。〝大学を辞めてYouTuberになった、ただのYouTuber〟だ。挑戦者でもなんでもない。星の数ほどいる底辺投稿者のほとんどが「連続的な挑戦に怯えている人たち」であった。空は自分がそこに該当しているのにも勘付いていたし、雄也は本来該当しないタイプの人間であることも分かっていた。自分が足を引っ張っている。もしウソノヒトが「連続的な挑戦をできない人」だったら、いまだに「ブラック企業の闇を公開する人」として動画投稿を続けているだろう。

それでも空には、簡単に選択できる余裕はなかった。挑戦には痛みが伴う。YouTuberになった当初は友人たちにも散々馬鹿にされてきた。変わることは、痛い。

それでも真っ直ぐに答えを求める雄也に抵抗するには、闇雲に怒りをぶつけることしか今の空にはできなかった。

「ここまでやってきて人のせいかよ」

「はぁ？　誰がいつ人のせいにしたよ」

「俺の企画力と演出が足りてないってことやろ」

「そんなこと言うてない」

「お前、企画作ったことないくせに簡単に他で学ぼうとか、足りてないとか言うなやボケ！」

自分で情けないことを言っているのがよく分かる。だからこそ、強く声を張り上げた。

雄也は黙ってこちらを見ている。

「俺だってしんどいねん！　バイト時間以外はずっと企画考えてるよ！　どうやったら数字伸びるんか！　ウンコしてる間も企画作ってるよ！　それを簡単に否定すんなや！」

「否定してないから、言うてんねん！」

珍しく今度は雄也が声を張り上げた。3年の間にも喧嘩をすることはよくあったが、雄也はいつも落ち着いて喋った。

「お前が全力出してくれてるんも分かってるよ！　分かってるから！　何か変えなあかんのちゃうんか！　頑張りが足りてないだけなら、もっと頑張れやって言うわ！」

優しい雄也は、普段声を張り上げて人に怒ることがないのだろう。またたくまに顔を赤くして、必死で感情をぶつけているのが分かる。雄也はここぞとばかりに、空にぶつかる。

「何が否定すんなよじゃ！　今更するわけないやろボケ！　全部分かってるわ！　お前がどんだけ頑張ってくれてんのかも！　お前がウンコつくっ……あの、ちゃうわ、してる間も、企画作ってるのは、分かってる」

雄也は急激に声の圧力を下げるように、小さな声になった。空は下を向き、笑いを噛み殺している。少しでも気を抜くと、口から笑いが吹き出してしまいそうだった。ウンコ作ってるって言いかけよった。しかもはじめて見たくらいブチギレてる時に。心でそう唱えてしまうと、耐えきれなくなった笑いが「ぐふふ」と口から漏れる。

雄也も下を向いて肩を震わせていた。

「ちょっと考えさせてくれ」

空がなんとか真剣な声に戻して言った。

「うん。もちろん。まずは今できることをやろう。撮ろうか」と言った雄也は少し笑っていた。空も少し笑って「うん」と答えた。

奇跡的に訪れた平和な雰囲気をなんとか利用して、企画撮影をした。この日はカメラが回っている時以外は、雄也の目を見ることができなかった。次の日はふくらはぎや両腕なんかよりも、心が重かった。

※

夜中の1時前。空が通っていた関橋大学から徒歩5分の地鶏居酒屋「のみどり」に来ていた。店内へ入ると店主が「お、おぉ〜。久しぶり。奥ね？　ありがとう」と空に笑いかける。

「お久しぶりです」

「なんかYouTube？　撮るんでしょ！　自由にやってくれて良いから！」

「あ、いや今日は撮らないですよ。飲むだけです」

「あ、そうなの？　OK！」

軽い愛想笑いを含ませながら否定した空に、店主は一度疑問の表情を浮かべたが、すぐに笑顔になり、奥のテーブルに案内してくれた。

学生時代に何度も通った居酒屋だが、大学が近くにあるため毎日大量の学生が訪れる。店主は一人一人の顔と名前を覚えるのは大変なはずなのに、覚えてくれていたことに驚いた。YouTuberをしていることも、誰かが飲んだ時に言ったのだろう。

奥にあるテーブル席へ行くためには入ってすぐのカウンター席で楽しく飲んでいるお客さんに「すみませ〜ん」と声をかけながら後ろを通らないといけない。酔いが飛び交う狭いその道では「あ〜ごめんな！」などとおじさんが陽気に椅子を引いてくれたりするので、空はそこを通る瞬間がなんとなく好きだった。

奥のテーブル席には大学の同級生である秀一、蓮、美咲の三人が既に座っていた。

「お～久しぶり！　ごめんな忙しいのに！」

秀一が空に気づいて声を張る。蓮と美咲も「久しぶり～」と続いた。

空も「久しぶり。全然大丈夫」と言いながら、財布やキーケースを入れたサコッシュを肩から外し、ハンガーが吊るされているフックにかけた。

4人用テーブルで、秀一と蓮が隣り合わせに座っていた。空が必然的に美咲の横に座ろうとすると、美咲が椅子を引いてくれたので「ありがとう」と呟き腰を下ろした。

「ビールでいい？」と優しく秀一が聞いてきて、空は「うん」と返した。

約3年ぶりに会った秀一、蓮、美咲は空が想像していたよりも優しさに溢れていて、大人になった時間の経過を実感した。YouTuberになった頃は馬鹿にされるように笑われたし、元々、荒いイジり方をするのが秀一と蓮の特徴だった。

美咲は秀一と当時付き合っていたが、今はどうなのか分からないし聞く勇気もない。

「すごいなYouTube。見てるよいつも」

ビールとツマミのきゅうりが届き、乾杯するまでの間にたわいもない雑談をしてから、蓮が本題に入りたいような雰囲気でYouTubeの話を切り出した。

「いや全然凄くないよ」

「でも、5000人やんな？」

空の隣から美咲が聞く。ちなみに6800人だ。

「7000や！　全然違うぞその差は」

秀一が訂正してくれた。

「7000⁉　んー！　すごっ」

美咲が相変わらずオーバーなリアクションで驚き、ビールをちょびっと飲んでいる。可愛い。

「どうやってそんなバズるん？　マジですごいわ」

秀一が目を真っ直ぐ見つめて聞いてきた。学生時代からかなりのイケメンだったが、より大人になり色気を帯びている。

今回の飲み会は秀一からの連絡があって開催された。何でも、秀一、蓮、美咲の三人で、副業としてYouTubeをやりたいらしく、教えて欲しいとのことだった。普通に飲み会に誘われただけなら空は断っていたと思うが「YouTubeを教えて欲しいです」となると話は別だ。新人YouTuberにとっては登録者7000人でさえ大きな存在である。秀一と蓮に少しでもデカい顔ができるのが実は楽しみだったのと、美咲の前でカッコつけた話をしたかったので「仕事終わりの夜中なら」と忙しいフリをして返答していた。

YouTuberになった当初に馬鹿にされた時は、サークルメンバーにかなりの嫌悪感を持っていたが、3年の月日はそれを麻痺させていた。

「どうやって？　んー、正解はないからなぁYouTubeには」

言った途端に、いきなりカッコつけすぎたと恥ずかしくなりビールを飲む。

蓮が「そうよなぁ」と深く頷いたので安心した。

「でも注目を集めるのはめっちゃ大事やな。3人は顔が良いし売れると思うで！」

「いやいや、顔だけじゃ無理やろ～。空みたいにおもろい企画撮りたいねんけどな」

秀一の言葉に蓮も頷く。

「お金ってどのくらい貰えるん？　なんか噂で聞いたのでは1再生0・1円？　やから10万再生で1万円？」

美咲が可愛く鋭く聞いてきた。

YouTubeの広告収益は1再生あたり0・1円という噂がある。ただ実際のところは空にもよく分からなかった。動画によって単価は変わるっぽいし、何よりそこまでバズった経験が少ない。感覚としては、1再生0・1円よりかは高い気がした。

「なんかあんまり分からんねんなそこらへんは。動画によって変わるから。でも1再生0・1円よりかは高いで」

「すごっ。空で今どのくらいの月収なん？」

「おいおい失礼やろ」

美咲が聞いて空が答えるのを遮るように秀一がツッコミを入れる。

「いや大丈夫やで。まあでもまだバイトしてるからな。月30万はいかんくらいやな」

「えぇ〜!? もうしっかり仕事やん！　すごっ」

また美咲がオーバーなリアクションを取る。可愛い。

「でも再生回数によって変わるから安定はしてないよ」と謙遜を入れておく。

「月30万か〜！　まだまだ伸びるやろから空は金持ちやな！」蓮がきゅうりをつまみながら空の気持ちを持ち上げるように喋る。月30万とは言っていない。

「30万円に到達はしないくらい」だ。

実際に最高月収が23万円なのでギリギリ嘘はついていない。

「じゃあ一番高い月やといくら？」

美咲がまた可愛く聞いてきた。

「んー、倍くらい？」

これは思いっきり嘘である。可愛い女子の前なので許してくれと心で謝った。

「すげぇ！　夢あるなぁ！　ズバリ！　成功の秘訣は？」

笑いながら秀一が声を張った。

質問が妙にインタビューっぽいなと思ったのと、その時の秀一の笑い方が昔の秀一らしさを含んでいるなと感じたが、人の笑い方なんて変わるはずもないし、何より楽しい空間に気分はあがり、お酒は進み、どんどん気持ちよくなり、抑えていた承認欲求が溢れ出すように、語っていった。

※

「空。もう4時半やし、帰るぞ」

朦朧《もうろう》とする意識に声が響き、視界が晴れていく。蓮の言葉で目が覚めた。どうやら居酒屋で眠ってしまったらしい。

「あ、ごめん。会計は?」

「いいよ今日は。色々聞いたし」

「そんなん悪いよ。払うで」

「大丈夫。秀一と美咲帰ったし、帰ろ」

蓮の言葉で秀一と美咲が既にいないことに気がついた。蓮は空を待つことなくテーブル席を離れ出口へ向かう。空も急いでサコッシュを肩にかけ店を出る。

店主に「ご馳走様でした」と声をかけると「ありがとうね！　YouTube頑張ってね！」と笑顔で返してくれた。

店外へ出ると、すぐに蓮が「ありがとう！　ほな！」と手を上げる。

「あ、ありがとう！　また行こうや」と空が返すと「おう」と告げて背中を向けて歩き出した。

盛り上がっていた頃より少し冷たい態度に感じたが、時間も時間なので疲れているだけなのだろう。空も帰る方向は一緒だが少し気まずさがあったので、コンビニで水と、鮭のおにぎりを買ってから家に向かった。

久しぶりの飲み会は楽しかった。所々覚えていないが、かなり喋ってしまった気がする。YouTubeのノウハウや成功への考え方、自己啓発本などで読んだことがある内容をいかにも自分の言葉のように喋った。それに、雄也のことを少し悪く言った記憶がある。

「飲みすぎたな」と呟いたあと、会社員なんて毎日愚痴りながらお酒を飲んでるだろうと自分に言い聞かせた。家に帰ると5時を過ぎていた。コンビニで買った鮭おにぎりをお椀の上に出して、お茶漬けの素とお湯を入れて食べる。食べ終わっても、まだ時間は5時30分。今日は自分が視聴者さんにメッセージを返す日だ。6時から7時なので、寝坊してはいけない。ボ～としていると寝てしまいそうなのでノートを開き、企画を考える。そういえばお酒を使った企画をしたことがないな。6時までの間に泥酔企画を考えることで、今日の自分がやった飲み方も「企画に繋がる仕事」として正当化しようとしていた。

結局何も良い企画は思いつかないまま6時を迎える。SNSの共同アカウントで「6時です～おはよーう。今日の返信担当は空です～」と投稿。

さっそく2件のメッセージが届く。

〝ひかり〟「空くんおはよう！　勉強中でした！　6時まで頑張れた！　褒めて褒めて」に「おはよう！　偉すぎ（笑）　俺も6時まで頑張ろうと思って企画考えたよー」と返信。

〝ベビ～ベビ～〟「なんや今日空かよ。ちぇ」に「おい舌打ちすんな。俺かてベビベビなんかより27歳OLからメッセージ来てほしいねん」と返信した。

〝ひかり〟はここ半年でファンになってくれた中学3年生の女の子。ユーザー名の〝ひかり〟の横には向日葵《ひまわり》の絵文字が置かれている。これは他の人気YouTuberのファンの象徴であるファンマークと言うものだ。空と雄也のことは2～3番目くらいに推してくれているのだろう。雄也より空の方がお気に入りらしく、自撮り写真を載っけると「イケメンすぎる！」とコメントをくれる。

〝ベビ～ベビ～〟はかなり古参のファンだ。2年半ほど前から定期的にコメントやメッセージをくれる。年齢は知らないがおそらく年上の男性で、いつも空と雄也のことをイジってくるし、空と雄也からイジられると嬉しそうにしているのでキツめに返している。

その後30分ほどで〝ひかり〟は「寝たくないけどそろそろ寝るね。今日も空くんとやり取りできて幸せだったのです！」と言いやり取りは終わった。〝ベビ～ベビ～〟はゆっくりメッセージを返してくるので、1時間で5ラリーほど行った。6時半ほどになると〝じっくり部隊〟から「はじめてメッセージ送ります！　おもろくて好きです！」と来たので「ありがとう～なんでも聞きたいことあったら言ってや～」と返すが、その後返信はなかった。あとで見たらフォローされていなかった。よく分からないがたまにこんなことはある。

6時45分になると〝ｒｅｉｋａ〟から「おはよう空くん！　朝早くに今日もお疲れさま！　お仕事頑張れるー！」と送られてきた。この子はおそらく同い年の女性で、アイコンの写真を見る限りかなり可愛い。「おはよう！　レイカもいつも仕事頑張ってて偉い」と、拍手の絵文字付きで返信をする。正直、〝ｒｅｉｋａ〟からのメッセージは若干楽しさが増す。雄也には言っていないが空の個人アカウントでも多めに返信をしていた。

7時3分くらいに〝みく〟から「うわ、間に合わんかった。空今日も応援してます！」

と送られてきて「ギリセーフにしたる。おまけな」と返し、今日のメッセージのやり取りを終えた。合計5人。いつもとほぼ変わらない人数だ。動画がバズった直後は一日で20人ほど来たこともあって有名人気分を味わえたりもしたが、基本的に熱狂的なファンが長期間応援してくれることは少ない。

今のところ一番長く応援してくれているのは〝ベビ～ベビ～〟だろう。

スマホを置いて、タンスから着替えを取り出す。企画を考えている間にシャワーを浴びとけば良かったと後悔しながら浴室に入った。

少し冷ためのシャワーを浴びながら、今日の飲み会を再び思い出す。

「やっぱり良くなかった」雄也に対する罪悪感が込み上げてきて、これからは酔いすぎないようにしようと自戒する。脱衣所でスマホを確認すると、朝早くに母親からメッセージが来ていた。

「大事な話があるから、近いうちに帰って来なさい」

田舎に帰省するのは3年ぶり。ＹｏｕＴｕｂｅｒになってからはじめてのこと。スケジュールを確認すると、次に行けるのは3日後の土曜日。「分かった」と返事をしてから布団に入った。土曜なら、爺ちゃんは仕事でいないはずだ。

※

古びた車両独特の「カコ～」と言う開閉音で電車の扉が開く。降りる前にキャップを再び深く被り直して、青色の毛を中に入れ込む。

この駅で降りた人は空1人。改札にある回収箱に切符を入れて通る。左側に木のベンチが並べられた待合場所があり、右側にトイレ。前にはよく分からないイベント事のポスターなどが貼られている掲示板が置かれている。爺ちゃんが打ち上げる花火大会のポスターもあった。前方の大きな扉を押して外に出ると、3年前とほとんど変わらない。駅前はド田舎と言うほどではないが、建物は低く、間隔が広いので、奥に見える山から直接風が当たるような感覚がある。複数個ある看板はどれもプリントではなく、絵の具で描いたような自作感があった。

ここが空の故郷だ。ここからさらに市営バスで20分行ったところに実家はある。

特急電車による長旅で固まった身体を伸ばし、空気を吸いこむ。次のバスまで少し時間があるので駅前の定食店に入り、昼食を済ませることにした。母親に連絡を入れたら車で迎えに来てくれるだろうが、YouTuberになった身で送迎まで頼りたくなかった。

サバ味噌《みそ》煮定食を頼みスマホを見ると、雄也からメッセージが届いていた。

「空、やられた」という文言に、YouTubeのURLが1つ添えられていた。URLには「底辺まとめ箱」というチャンネル名が書かれている。

このチャンネルはここ半年ほどで急成長しているYouTubeで、その名の通り〝世間の底辺YouTube投稿者〟をまとめている。面白くないシーンや、イキってるシーンをカット編集して繋げることで一本の動画を作成し、投稿。胸糞悪いチャンネルだが、世間には好む人が意外と多くチャンネル登録者数は2万人を突破。再生回数は平均でも3万~5万再生、50万超えの動画も複数あり、登録者以上の数字を叩き出していた。

空と雄也も「歴だけ長い底辺まとめ」と「面白くないのに自分で笑ってる底辺まとめ」で取り上げられたことがあった。よく分からないが著作権とか肖像権的な問題でアウトだろうし、反論コメントを残すこともできたが、メンタルに喰らっていると思われるのが恥ずかしいので気にしていないフリをずっとしていた。特に雄也が本当に気にしていなさそうだったので、空も必死に取り繕っていた。

雄也からURLが送られてきたということはまとめ集に取り上げられたということなのだろうが「雄也がわざわざ気にして送ってくるかな?」と、少し疑問に思った。

URLをタップすると、想像を遥かに超えた動画が目に飛び込んできた。

タイトルは「底辺〝空に雄也〟の空との飲み会を隠し撮りしたら、めちゃくちゃイキってて、くそわろたｗｗ」

タイトルと動画冒頭ですぐにこの前の秀一たちとの飲み会であることが分かった。心臓の奥に一滴、ドロッとしたマグマを垂らされたような熱が発生する。全身が熱くなる感覚とはまた違い、心臓の奥からじわじわと、小範囲に高温の熱が伝わってきて、身体全体はひんやりとした。

隠しカメラは空の方を捉え、隣の美咲はモザイクでボヤカされている。秀一と蓮は画面に入っておらず、空以外の3人の声はボイスチェンジャーで変えられていた。秀一、蓮、美咲は顔を出して企画説明をすることもなく、全てテロップで状況説明などが行われていた。

開始数秒の「んー、正解はないからなぁＹｏｕＴｕｂｅには」という自分のセリフで見ていられなくなり、画面を閉じる。

いろんな記憶が意思に反して掘り出された。イキッた発言は数え切れないほどあるし、何よりも雄也の悪口だ。どこまで使われているのか確認したくなり、また動画を再生する。最高月収あたりで、雄也が画面に出てきた。街でインタビューされている雄也だ。雄也がカメラに向かって「最高月収は20万ちょっとですね。それを2人で分けているのでまだまだです」と答えていて、その後に空が放った「30万いかんくらい」と「んー、倍くらい？」

が繰り返し流され、デカデカと「盛ってて草」というテロップが被さるように編集されていた。そこでまた動画再生を止めて、目を閉じる。心臓の奥にある小規模の熱は強烈な躍動をはじめていた。再生回数とコメントを確認する。公開されたのは昨日の20時で、再生回数は既に9万回突破。コメントには投稿主を悪く言うコメントも少なくないが、それ以上に空の人間性を叩くコメントで溢れかえっていた。「相方の悪口言うところダサすぎw」という類《たぐい》のコメントが大量にあることで、全てが流されていることを知る。コメントをいくらか読み、動画はこれ以上見ることができなかった。

雄也に「ごめん」とメッセージを送ると、すぐに既読がつき「俺は大丈夫。電話できる?」と返ってきた。空は雄也に返信する前に、秀一にメッセージを送った。

「動画見たけど、なにあれ」

こちらもすぐに返事が来て「お疲れさまー！　この前ありがとう！　ヤバい！　めっちゃ伸びてる！　動画説明欄で空のチャンネルの宣伝もしてるし！」という文言にグッジョブポーズの絵文字がついていた。

心臓の奥にこもっていた小さなマグマのようなものが一気に顔まで上ってくる。ふざけるな。なにが「宣伝している」だ。笑い者として晒《さら》しているだけじゃないか。「聞いてないねんけど」と送ると「えっ？　ドッキリってそういうもんじゃないいん？　ごめんあんま分からんくて。まだはじめて半年とかやから。でも空が飲んでるときに〝常にカメラ回ってると思って生きてる。常に全世界に配信されてる覚悟や〟って言っていたから、出すのは良いと思って。一応カメラ切るときに言ったんやけど、空ベロベロやったから、もっかい言えば良かったわ」と返ってきた。

絶対に嘘だ。どうせ寝ている間に何も言わず帰ったくせに。秀一はいつも自分を悪者にしない立ち回りが上手い。今思えば最初から変な点は多かった。店主が言っていたYouTube撮影はこれのことだし、最高月収の話をした時に明らかに嫌な笑い方をしていた。蓮も頷くたびに妙にニヤニヤしていた気がする。

「このチャンネル、秀一たちやったん？」

「そう！　空と違って副業程度やから本気でやれてないけど、またコラボよろしく！」

すぐに既読をつけたが、返事をせずにスマホを閉じた。秀一たちに向けて込み上がっていたマグマは、瞬く間に冷え切っていた。怒りよりも、自分のダサさに対する恥じらいが圧倒的に強かった。冷たい汗が流れる。落ち着いていない心の音が、こめかみと、胸と、手首から伝わる。大学生だった頃、サークルメンバーにYouTubeをバカにされたことがあったが、その頃とは桁が違う。もっと大量の人に、一斉にバカにされている気がした。

この定食店の店員やお客さんの中にも、この動画を見た人がいるかも知らないと思うと、顔を上げることすらできない。

「お待たせしました。サバ味噌煮定食になります。ご飯おかわりセルフとなっております」

生え際の方に地毛の黒色を覗《のぞ》かせている金髪ヘアーの大学生らしき男性店員さんがサバ味噌煮定食を持ってきてくれた。この店員さんは、見ているのだろうか。動画を見ていた場合はニヤニヤしながら接客をしそうな雰囲気を持っている。

空は確かめたい気持ちになり「水、ピッチャーで貰えますか？」と聞くと「かしこまりました」と告げて笑顔で持ってきてくれた。おそらくこの店員さんは動画のことを知らない。と思うだけで、少し気持ちが楽になってしまう。食欲が湧かない。冷めた方が食べられる気がしたので先に店の外で雄也に電話をかけた。

「もしもし」

「あ、もしもし。ごめん雄也」

「あぁ！　俺は大丈夫。けっこーキツいやろ空！　大丈夫か？」

雄也が笑いながら話す。

「いや、なんか雄也のことも。まだ最後まで見れてないけど」

「いや全然ええよ。あんなもんやろお酒飲んだ時くらい。気にすんなよ。俺もさ、秀一君たちに久々道で会ってさ、これからのＹｏｕＴｕｂｅｒを応援するＹｏｕＴｕｂｅやりたいから取材させてって言われたから出演してしまった。お金のこととか勝手に言うべきちゃうかったな。ごめん。とりあえず、いつこっち帰ってくるの？」

「明日には帰る」

「ＯＫ！　ちょっと話そうか！　俺はこの数字も利用して良いと思ってる！　たとえば、俺も悪口言ってるバージョンをパロディとして俺らのチャンネルで公開するとか！」

空は思ってもいなかった考え方を述べた雄也に、言葉すら出なかった。

「まあ企画は空やから、任せるけど！　とりあえずせっかくの帰省楽しんで！　ないと思うけど、コメント欄とか気にするなよ」と笑いながら告げて、雄也は電話を切った。

同じエンターテインメントを同じ期間やってきたはずなのに、雄也は自分より遥か先にいるのかもしれない。昂《たかぶ》っていた鼓動は徐々に失速をはじめていた。それくらいに、相方はより心強い存在に成長していた。しばらく呆然《ぼうぜん》としてから店に戻り、お箸を手に取る。定食の味噌汁から出る湯気が、勢いをなくしていた。

※

最寄りのバス停を降りてすぐにある大きな坂の下の駄菓子屋「ローキー」で、超大盛りカップ焼きそば〝爆麺〟を手に取り、棚に戻す。

「おばちゃん、チョコレートバーって置いてないの？」

「あれもう出してないのよ。そっちの上に小さいスティックのチョコならあるよ」

椅子から立とうとするおばちゃんを手で制した。

「自分で取るよ」と言って棚の上の方にある指サイズのチョコレートスティックを摑み取りした。昔馴染みの駄菓子屋は少しだけリニューアルされていた。奥の部屋に続く廊下や階段、玄関にはスロープや手すりなど、バリアフリー設備が充実していた。聞いてはいないが、足腰でも悪くしたのだろう。小さい頃から「おばちゃん」と呼んでいるが、年齢的にはそろそろ「おばあちゃん」だ。無理はさせたくない。

おばちゃんは空が子供の頃から良くしてくれた。血の繫がったおばちゃんではないが、空にとっては親戚のような存在だ。会話をしていると、子供に戻った感覚になる。それに、おばちゃんは絶対にYouTubeを見ていないので、今の空にとっては尚更、居心地がいい。

「店、綺麗になったね。手すりとかも良いね」

「結構前だけどね。綺麗になるとなんか凄いやる気出ちゃって。最近はほとんどお店にいるのよ。手すりとか、お爺ちゃんがつけてくれたのよ」

おばちゃんの言う「お爺ちゃん」は、空の爺ちゃんである豊《ゆたか》のことを指す。

「そうなんや。でもあんまり無理しないでね」

チョコレートスティックを7本購入した後、おばちゃんに「じゃあね」と声をかけ店を出ようとする。

「ちょっと！　ジュース持っていきや！」

けっして怒ってはいない、愛のこもった厳しい口調で叫ぶおばちゃん。空が駄菓子屋に寄ると必ず小さな缶ジュースを1本くれる。子供の頃はジュースだけをわざわざ貰いに行くほど図々《ずうずう》しかった空だが、中学生頃からは遠慮を見せてしまうようになっていた。

「うん、ありがとういつも」

「はーい。暑いから気をつけてね」

おばちゃんに手を振って、坂道を登りはじめた。空は駄菓子屋のおばちゃんが大好きだった。何よりも、いつも変わらず接してくれる。サッカー部でレギュラーを取れなかった時も、サッカーの話は何も聞かずに、笑顔で話しかけてくれた。今だって、この歳にもなるとなんの仕事をしているのか聞いてきてもおかしくないのに、わざわざこっちから報告しない限りは質問をしてこない。それはおばちゃんの「元気なら何でも良いんだよ」という愛だと、勝手ながら解釈をしていた。

おばちゃんに貰ったジュースを開けて一気に飲んだ。

駄菓子屋を出た後、坂道の上で「空！」と声をかけられた。振り向くと、車の運転席から同級生の西川が手を振っていた。西川は地元で、実家の蕎麦《そば》店を継いでいると聞いたことがある。「おお！　西川！　久しぶり！」と言うと、奥の助手席から、西川のお母さんが身を乗りだしながら「空〜！」と手を振ってくれた。久々に会ったおばちゃんに思わずキャップを外し、挨拶をする。「しまった」と思った。できれば、青色の髪を見られたくなかった。西川はノリの良い友達なので「お前、髪の毛青かよ！」とイジってくるし、その流れでYouTubeの話も詳しく聞かれるかも知れない。

西川は「実家？　乗ってく⁉」と言ってくれたが「いや、いい！　久々やから歩きたくて」と答えながら、慌てて髪をキャップにしまった。

「そっか！　いつまでおるん？」

「すぐ帰らなあかん！」

「まじかー！　ほなまたな！　仕事やから行くわ！」と言って、車を走らせていった。西川が青色の髪の毛を見ても驚かなかったことに、大人になったことを実感させられた。

またしばらく歩くと、今度は自転車に乗っている浩輔の母親に会った。同じように笑顔で手を振ってくれた。坂道から実家までの道のりは歩いて10分ほど。道中で近所に住む三つ上のお姉さんのかおるちゃん、自転車店の店主にも会った。いずれも「空！　おかえり！」と声をかけてくれた。この町の明るさを実感する。久々なのに、久々に会った気がしなかった。ずっと一緒にいたような、そんな雰囲気で故郷のみんなが迎えてくれた。考えたくないほどの情けない出来事があったからこそ、故郷に心が救われていく。

実家に着いた。庭が広い一軒家。車が停《と》まっていない。土曜日を狙ってきたので、爺ちゃんがいないことにホッとする。夏の土日はいつも泊まりがけで、花火の仕事から帰ってこないのだ。

「ただいま～」

玄関扉を開ける。奥からドタバタと、玄関のガラガラ音に負けないくらい大きな音がした。

「ちょっと何い⁉　今日来るなら今日って言いなさいよ！」

ヨレヨレのTシャツ姿の母親が出迎えてくれた。

「バスで来たん？　駅まで迎えにいったのに！　坂道キツかったやろ？　それ何？　あーチョコレートか。お母さんダイエットしてるのに。駄菓子屋綺麗なってからはじめていったんちゃうん!!　おばちゃんに挨拶した？」

どの質問に答えれば良いのだ、とツッコみたくなるくらいのハイペースで喋り出す母親。実際どれの返事を聞くこともなく、奥の部屋に入っていく。

「ちょっと汗すごいやん！　シャワー浴び！　冷蔵庫に麦茶あるけど。あかんわコーラは今ないで」

「いいよコーラは」

いつも通りのマシンガントークを軽くいなしながら冷蔵庫を開ける。中には麦茶とビールがあった。麦茶を手に取り、キャップを開けてラッパ飲みしようとすると、母親がそれを制しながら、「ちょっと！　コップ、コップ！」と叫んだ。

母親に渡されたコップに麦茶を注ぎ、一気に飲む。

「早よシャワー入り！」

「うん」

母親に押し出されるように脱衣所に行き、服を脱いで浴室に入った。シャワー中に着替えの用意を忘れていたことに気づいたが、シャワーを終えて脱衣所に出ると下着と短パン、Tシャツが用意されていた。パンツだけ穿《は》いてリビングに出るとさっき買ったチョコレートスティックが皿に盛られていて、既に4本なくなっていた。

「アンタなんかムキムキなってない？　マッチョやん。ジム行ってるん？」

日雇いバイトのおかげでかなり体格は良くなっていた。サボりながらでも良い運動になっているらしい。

「行ってない。てか、おい！　チョコ食いすぎやろ」

「お母さん食べてない。溶けた暑すぎて」

「溶けた上に蒸発までせな消えはせーへんねん」とツッコミを思いついたが、口にはしなかった。冷蔵庫からビールを取り出して飲む。いつもなら飲まない勢いでグビグビ飲んだ。

「ちょっとアンタ一気に行きすぎや！　倒れんぞ！」

「大丈夫。いつも飲んでるから」

「アンタＹｏｕＴｕｂｅどうなん？　ご飯食べれてんの？　ほんで税金とかちゃんとしいや」

母親との会話はいつもこうだ。こちらの話はあまり聞かず、一方的に言葉が飛んでくる。ただ、その言葉のほとんどが自分を心配するための言葉であることも子供の頃から気づいていた。

「まあ、なんかあったら言いや。掃除の途中やってんお母さん」そう言って台所に戻った。なんかどころじゃない。もしあの動画を母親が見たら悲しい顔をするのだろうか。とてもじゃないが、話せる訳ない。そう思いながら空もチョコレートスティックを1本取ろうとすると、母親が、何本手に取るのか心配そうに覗き見ていた。自分の分がまだ残っているのを確認すると安心するように掃除に戻って行った。

いつも変わらない駄菓子屋のおばちゃんからの愛も、心配が止まらない母親からの愛も、久々に会ったのに、いつも会っているかのように迎えてくれる地元のみんなからの愛も。同じように嬉しい。自分の状況が情けないからこそ、変わらない故郷の愛が幸せだった。不意に泣きそうになるが、お酒を飲んでビービー泣くのはかっこ悪いので、必死に堪《こら》えた。

「話って何?」

「あー。お爺ちゃんのことやけど、アンタ直接聞きなさい」

爺ちゃんとは、あの喧嘩以降まだ一言も口をきいていない。「爺ちゃんの花火を綺麗と思ったことない」と言ってしまったのがずっと心に残っていて、結果も出せていない状況で会話ができなかった。「結果を出してから謝りに行こう」と思って3年がたっていた。

「ん。いやでも仕事忙しいから、すぐ帰らなあかん」

「すぐって、もう今日⁉」

「明日やな。爺ちゃん泊まりやろ?」

母親はまだ何か言いたげだったが、仕事なら仕方ないといった口調で続ける。

「お爺ちゃんね、花火の仕事、後輩に継がせるんやて。もう歳やから指導の方だけにしてゆっくりするって。だから今年が最後なのよ。お爺ちゃんの花火」

内容は思っていたよりも、空にとっては深刻だった。結果を出してから爺ちゃんの花火を観に行って「綺麗だった」と言って仲直りするのをずっと考えていた。

「そうなんや。てか、それならメールしてや。花火の日に帰れるようにするやんか。2回も帰るの大変やし」

「うん。それもね、ちょっと健康診断の結果が悪かったのよ」

「え、それ大丈夫なん？　花火とかよりそっちの方がやばいやろ」

「まあ、普通に治療すれば大丈夫なんやってさ。近いうちに手術はせなあかんけど、夏が終わったらするみたい」

「手術」という言葉を聞いて、少し怖くなる。

「分かった。来れるなら、観にくるよ」

「うん。そうして」と言って、母親はまた掃除に戻った。

またビールを少し飲んで、チョコレートスティックを食べる。チョコレートとビールは全然合わなかった。次の日は朝6時に起きた。空がメッセージ返信をする担当だ。雄也からは「俺がやろうか？」と言われたが、断った。

合計80件以上のメッセージが来た。どれも空に対する批判や誹謗《ひぼう》中傷。「雄也に謝れ」

「ダサい」「死ね」「親に謝れ」。そのどれもがほとんどはじめましてのアカウントで、いつもメッセージをくれる〝視聴者〟からのメッセージはなかった。いや、いつもメッセージをくれる〝アカウント〟からのメッセージはなかった。不思議と胸は辛くない。もう時間はない。言い訳ばかりで逃げている自分を終わらせないといけない。自分にとって、人生最大の本気の勝負がはじまる。この夏で、変わらないといけない。朝早くに実家を出た。雄也に会いに行く。

※

街並みが白い。真夏の猛暑日、外に出た時の直感は「熱い」よりも「眩《まぶ》しい」が先行していた。空は、市内の大きな緑地公園の植樹帯で造られた陰に座り込んでいた。木々で囲われているこの場所でも、暑さのせいで蚊に嚙まれることすらない。同じ大阪のマイカタ市では最高気温39・7度の全国1位を記録していた。

「ほいっ」

公園内の自販機で買ってきてくれた水を雄也が空に渡す。

「ありがとう」

一気に流し込むと動けなくなるので、徐々に、ゆっくりと水を飲んでいく。水温で口内や喉が冷えていく感覚が気持ちよかった。

「いける？」

公園入り口のそばに立てかけている自転車のサドルに腰を据えながら雄也が聞いた。

「全然大丈夫。走り切るよ」

今日はマラソン企画の撮影日だった。昨日大阪に帰ってきて、雄也と話した。空はまず真っ直ぐに謝罪をしたが、雄也は本当に何ひとつ怒ることなく「こういう時がコンビの正念場やな」と前向きな言葉をかけてくれた。雄也が提案したように「悪口をお互いに言っているノリで嫌なバズり方をひっくり返そう」とも考えたが、空はそれだけでは足りない気がしていた。

「まずは誠意が先。俺が裏切ったのは雄也だけじゃなくて視聴者さんもだから。懺悔《ざんげ》の意味も込めて」という空の提案で100キロマラソン企画を実行することにした。正式な企画タイトルは「相方に悪口がバレた直後なら気まずくて100キロマラソン企画も完走するしかないはず」だ。

動画は今日の朝8時、いつもと違って雄也が空の部屋にカメラを持って突撃する所からはじまる。

「おはよ〜う」と洋室の扉を開けて中に入っていくと、空がソファに座って待っていた。

「え、何？　今日10時からよな」

「うん。そんなん良いからお茶出してよ」

「なんや急に。人の家入ってきてお茶出せって。カメラも回して」と空が告げると、雄也は少し考えた顔をしてから某動画を再生した。秀一たちのチャンネルにて空が雄也の悪口を言っているシーン、「雄也は良いやつやけど、たまにノリ分かってない。やりたい笑いできひん時ある」と空がイキりながら語っている箇所だ。そこが再生されるとすぐに空は立ち上がり、冷蔵庫からお茶を取り出す。大学入学時に一人暮らし祝いでもらったそこそこ良いけどあまり使っていないコップにお茶を注ぎ、使うことなんてほぼないお盆にわざわざ載せて雄也のもとへお茶を届ける。

「粗茶ですが」とひと言添える。

「ん」と答えて雄也はお茶を飲む。

「暑いな〜今日」Tシャツの襟元をパタパタさせながら雄也が言う。

「そうやね」

「アイス食いたい。ないの？」

「ガリガリ君あります」

「ガリガリ君⁉　美味いけど安いやつ⁉」

「あ、はい」

「ハーゲンダッツは？」

「1個しかなくて」

「は？」と言いまた動画再生ボタンを押そうとする雄也を「すみません、すみません！すぐ用意します！」と空が慌てて止めて、またお盆の上にハーゲンダッツを載せて、雄也のもとへ運んだ。

「スプーンないやん」

「すみません！」と言いすぐにスプーンをお盆の上に載せて、運んだ。

「食べさせて」

「はい？」空は固まる。

「食べさせて」ともう一度言い、口を「あーん」と開ける雄也。

「いや、それはさすがに」と半笑いで空がいうと、雄也がスマホを取り出し、誰かに電話をかけた。電話に出たのは「ロイ」という空と雄也と同じ大学に通っていたイギリス人の友人だ。もちろんＹｏｕＴｕｂｅに出るのははじめてなので、「誰？」というリアクションを取る。

空が「もしもし?」と言うと、ロイが「タベサセタレヨ。ワルグチイッタクセニ」とカタコトで喋り、空は吹き出した。すぐに雄也が通話を切って「そうか。ごめん、今なんか俺ノリ分かってなかった?」と言うと、「いえ!」と大きな声で否定して、ハーゲンダッツをスプーンいっぱいに削ぎ取り、雄也の口元へ運んだ。

ハーゲンダッツをもぐもぐさせながら「美味いけど歯に染みる」と雄也が空を睨みつける。

「知覚過敏ですやん」

「歯医者紹介して」変わらず睨み顔で雄也が言うと、少し考えてから空が「それは全然します」とまた吹き出しながら答えた。雄也もつられて笑うが、笑いながら空に「何笑ってんねん!」と怒り、空も「すみません」と笑いを堪えながら言う。

しばらく笑った後、気を取り直し、同じような命令口調で「100キロマラソンして」と雄也が言った。

「はい」と空が答えてこのシーンは終了。ここまでは「美味しいけど歯に染みた」のくだり以前は台本通りで「雄也に逆らえない空」をお笑いにしようと空が提案して考えた。その後真面目な視聴者さんへの謝罪や企画説明をして、空の失態を取り返すための、炎天下100キロマラソンがスタートしたのだ。

現在は4キロ地点での休憩中。

「カメラ回すよ」

雄也が自転車から降りて、スマホを起動させる。

「うん」

「はい。空くん休憩中です。どうですか？」

「いやもう暑すぎます。ほんまに限界です。限界超えてます。でも、クソ人間に成り下がった僕を見捨てずに相方でいてくれる雄也、まだ見てくれる視聴者のためにこの重い足を上げて進みますよ」

「いやまだ4キロやねん」

「進みますよ」の「よ」を言い終わる前に雄也が声を張り上げた。

「それ80キロ超えたあたりに言うアツいセリフやねん。今言うのやめて。休憩長いぞ。走れ」

雄也が空の水分を取りあげる。

「すみません」

空は日陰から出てまた走りはじめる。雄也は自転車で後を追う。黒いはずのアスファルトだが、間違いなく「白い」。色は変わっていないし、実際に白色に見えているわけではないのだが、「白い」と表現してしまうくらいに、日差しが充満していた。一歩一歩と、白いアスファルトを蹴って足を進める。高校まではサッカー部だったため、長距離を走ることには慣れていたが、体重は学生時代より8キロ増えていた。日雇いバイト以外で体を動かすことはしていなかった。それでも、重たい足や苦しい息が嬉しかった。音が鮮明に聞こえる。自分の鼓動、アスファルトを蹴る音、車の音、蟬《せみ》の声、人の話し声、後ろに繋がる自転車の音。これらの音を全て、エンターテインメントの音にして届ける。プライドも何もかもへし折られていた空は、ずっと考えていたことを言葉にした。

「雄也！」

声のトーンからして、動画用の会話ではないと察した雄也が「なに？」と優しく聞き返す。「ウソノヒトのところに応募しよう！」

しばらく自転車のカラカラ音が続き、「おっけい！　次の休憩でメール送ろうか」

12キロ時点での休憩ですぐにウソノヒトにメールを送った。「100キロ走り切った動画が出たら根性あるって思われて受かるかもな」と言いながら気持ちを高めて再開したが、17キロ時点で「合格です。今週の木曜日に来てください」と返事が来た。早過ぎて少し拍子抜けしたが、新しい挑戦への期待と不安を込めて走り抜いた。

下り坂では、スピードが出るはずの自転車に乗っている雄也が、頻繁にブレーキをかけて、空の横にいてくれた。

※

空と雄也が住む地域から電車で20分ほどかかる場所に「株式会社 ウソノヒト大阪支社」はあった。細かいやりとりは特になく、案内メールには時間と住所だけ記載されていて、持ち物の指定すらなかった。想像していたようなオフィス街ではなく、工場地帯が近くにあり、古い建物と長生きしていそうな緑が多い場所だった。

「もしさ、仮面ライダーみたいな悪の組織に身体を改造される動画を撮るってなったら、連れ去られるシーンは俺ここでロケするわ」

くだらないたとえをした空に笑いながらスマホのマップを注視する雄也。

「あった。ここの2階や」

雄也が指差したのはアパートだった。白色のコンクリート仕様で「レトロ」とかいうオシャレな人が使う言葉とは少しズレているような年季が感じられた。

「やっぱりアパートかよ」

住所を調べた時点で、おそらくアパートであることは分かっていたが実際に建物の前に来ると、看板もない会社に不安が募る。

「そうみたいやな。入るか」

「大丈夫なん？　これ」

「ちょっと怖いな」

「まあでも、ウソノヒトの動画ページのメールアドレスやもんな」

「そうやな。大丈夫やと思おう」

階段を上り、メールに書かれていた部屋番号の扉の前に到着する。一度空の方にアイコンタクトを送ってから、雄也がインターホンを押した。数秒間、反応がない。

「電話かける？」と空が聞くと同時に、奥の方から音が聞こえた。

音は徐々に大きくなり、勢いを止めることなく玄関扉に達した。扉を開いたのは、男性だった。

「あー、いらっしゃい。入って」

それだけ言って、奥へと戻っていく。

「あ、はい。失礼します」

挨拶をする準備をしていた空と雄也は呆気《あっけ》に取られたが、場の空気に引っ張られるように中へと入る。中はいかにも男性の仕事部屋といった雰囲気で、お世辞にも綺麗とは言えない。リビングルームにはウッド調の土台の上に革製のマットが敷いてあるソファがあって、男性が「どうぞ」と手を伸べてくれた。

「失礼します」2人で声を合わせるように告げて、ソファに座る。

8畳くらいだろうか。家具以外にも段ボール箱や資料などで溢れ返っていて、想像していた「ウソノヒト」の仕事部屋とはかけ離れていた。男は台所の冷蔵庫からお茶を出して入れてくれた。

「すみません。ありがとうございます」空が言って、雄也も合わせるようにお辞儀をした。

男は若めの40代か、少し老けた30代のような見た目で、大きめの白Tシャツにグレーのハーフパンツ。髭をかなり伸ばしている。顎鬚と、もみあげが繋がっている。空は去年に髭を伸ばしてみたけど顎鬚ともみあげを繋げる箇所には髯が生えてこなかったから諦めて剃《そ》ったことを思い出した。

「えーっと、福嶋くんと喜多村くんね」

「はい！　よろしくお願いします」

「よろしくお願いします」

それだけ言うと、空と雄也が持参して机の上に用意しておいた履歴書を読む。やっぱり持ってきて正解だったのか。

「了解。一応これが契約書で、まず説明しておくのが〝雇用契約〟を結ぶのではなく、業務提携であるということ。これ大丈夫?」

いきなり契約書の話になった。

「えっと、はい。大丈夫です」

雄也が答えた。男は「意味分かって言ってる?」と真顔で聞く。雄也が「全然分からないけど大丈夫です」と話すと男が少しだけ笑顔になった。

「分からんのやったらこっちが困る。えっとね、給与所得と事業所得は分かる?」

「分かりません」

食い気味で答える雄也。間違いなく、何も分からないアホキャラを笑いとして捉えている間で返しているのを察して、ドキッとする。男がさらに笑っていたのを見て安心した。

「簡単に言うと、雇用契約を結ぶと会社から君たちに給与が出る。いわゆる給料で、この契約だと君たちは会社の従業員として働く。業務提携は事業所得。これは会社の従業員としてじゃなくて、『ウソノヒト』って会社と『君たち』っていうクリエイターが協力してこの仕事をやりましょうね。って話」

「すみません。ご丁寧にありがとうございます」

「理解できた?」

雄也は眉間にわざとらしくシワを寄せているが、空が「僕ができたので大丈夫です」と答えた。

「まあ要するに君たちの仕事の責任は君たちにあるし、会社は守ってくれないから。あくまで対等の関係として制作することを忘れないように」

「はい。えっと、すみません、1ついいですか」

「どうぞ」

「僕たちはもう合格ということでしょうか」

あまりにも話がスムーズに進みすぎて、整理をしたくなる。

「あー、うん。まだだね。とりあえずこの契約書を持ち帰っていいから。結ぶとしたらテスト動画を作ってからかな」

答え方的に、〝一応〟まだにしておこう、というようなニュアンスを感じた。

「スケジュール問題はある？」

「特にないです！」雄也が大きな声で答える。

「じゃあまず、今から5日間で〝ウソノヒト〟の初投稿動画とミリ単位も変わらないレベルの再現動画を作成して持ってきてください」

そう告げた男は契約書をクリアファイルに入れ、空と雄也に手渡しした。

「お茶ゆっくり飲んでいってね。そこ置きっぱでいいし。僕は仕事に戻ります。あ、ごめん。名前、船渡《ふなと》です。よろしく」

頭の整理がまだ追いつかない。5日間で1時間半の動画の完全再現を作るなんて不可能だ。空と雄也の編集がウソノヒトと違うことも分かっているはずなのに。船渡と名乗る男が、リビングに併設された作業部屋に入ってしまう。

「ちょ……っとすみません！」

空がなんとか声を張ると、船渡は振り返り、空の方を見る。

「5日間で初投稿動画って、1時間半の？」

「そう」

「え？　本当に言ってますか？」

「言ってるよ」

「いや、いきなりすぎて。まずなんの編集ソフト使ってるのかとか、もし雄也がやってるソフトと違ったらどうしたらいいですかね？」

船渡は表情を変えずに何かを考えている。

少ししてから、「分かった。喜多村くんは？」と言った。

何が分かったのだろうか。

「えっと、とりあえずやってみます」

「そうか。初投稿を丸々と言ったけど、半分まででいいよ。前半だけで」

かなりの作業量の低減にホッとした。言っといて良かった。それでも、想像すらつかない作業量だ。

「ただ、福嶋くんはもう来なくていい。喜多村くんだけでよろしくお願いします。仕事集中するからなんかあってもは以降はメールでよろしく」

船渡はそう告げて、作業部屋に入って行った。

リビングに静けさが広がる。時計の針、クーラーの音、電気に冷蔵庫、〝静かな音〟が聞こえはじめた。

「ちょ、どういうことこれ」不満まじりな顔で、空が雄也に聞いた。

「分からん。一旦帰ろうか」

「失礼します！　お茶ご馳走さまでした！」と叫んでから部屋を後にした。

※

「絶対ヤバいやつやって！　あいつ見るからにおかしいやん。てか、あんな所がオフィスとかある？　騙されてるんちゃう」最寄駅へと走る電車の中で、大きな声で、必死に、何かを取っ払うように話す。

「てか、あいつウソノヒトの下っ端やろ絶対。上司に散々こき使われててストレス発散してるだけちゃうん。あ！　今日も自分が事務所行きたくないから自分の部屋をオフィスって嘘ついてそこに呼んだんやろ！」

「ちょっとうるさいよ、空」

止まらずヒートアップする空を、雄也が制した。

「ごめん。俺が無理やったから雄也もやめとけって言っているわけじゃないんやけど、騙されてると思うからさ」

「そうじゃなくて、ここ電車」

雄也に言われて、ハッとして周りを見渡す。数人がこちらを不快そうな目で見ていた。

「すみません」と周囲にお辞儀をして、混んではいないが開いていた足を閉じた。

ふと、3年前のことを思い出す。台風で車両が止まった日、雄也とコンビを組んだ日。あの日の自分たちはヒーローだった。最高のエンターテイナーだった。今はひたすらに、言い訳と、できない理由を叫んでいる。奇しくも電車はあの日止まっていた場所を通過する。3年の間に、ここまでダサくなったのか。いや、あの時も大してかっこ良くはない。

夢を理由に勉強から逃げた。何も進んでいない自分に嫌気がさす。少し前に、また友達に馬鹿にされ、利用された。醜態を晒されて、相方に助けられた。爺ちゃんの病気を知り、本気になると決めた途端に今日のこれだ。自分の理解の枠を超えた世界を前にすると、怯えて前に進めなくなる。進むのが怖くなる。もう終わりにしないといけない。

空はゆっくりと深呼吸をした。

「空が言うのも正解かも知れへんけど、仮にそうやったとして、その可能性があるからやめとくの？　別に今すぐ契約書にハンコ押せと強要されたりとか、金を取られてる訳でもないのに。騙されてるってなんやろ。俺は貴重な経験になると思うけど」

雄也の声は聞こえていた。前に座っている高校生の2人組は今流行《はや》っているアニメの話をしていて、車掌のアナウンスが次の停車駅を唱えている。いろんな音は聞こえているが、整理をしようとせずに、目の前の課題対策を優先している。5日間で初投稿動画の完成スケジュール。空は頭の中で〝あらゆるパターンの5日間〟を高速で繰り返していた。雄也は、急に顎を触り出し、喋らなくなった空を心配そうに見ていた。

「でも、たしかに空の言うてることも分かるけど。あの量を5日間でやるのは無理やろって思うし」

空に無視されたことで怒らせたと思い、雄也が同意の言葉をかけた。

「そうでもない」空が口を開く。

「え?」

「セリフ含めたシーンの書き下ろしなら多分1日あれば終わる。完全再現やから演出とかを思考する時間がない分、撮影自体にはそんな何日もかからへんと思う。ただウソノヒトの編集はかなり細かいから、一ミリも誤差なく作るならフォントの大きさとか、彩度まで調べないとあかん。俺がシーンの書き下ろし、場所、小道具、演者の手配を2日で終わらせるから、雄也はその間にウソノヒトの編集を細かくチェックしといて欲しい。3日目から俺が主演でその他はエキストラを起用して撮影を行う。雄也は来なくていいから。素材ができ次第すぐ雄也に送って順に完成させていく。これやったら、可能性はあると思う」

話し終えたが返事がなかったので、雄也の方を見た。突然語り出した空に、驚いている様子だった。

「あ、ごめん。俺も手伝って良いならやけど」

雄也はすぐに笑って「もちろん!　見返そう」と肩を組んできた。

たったの5日間の努力ですら「できるはずない!」と決めつけていた。心から雄也に謝罪をしたくなる。ずっとダサい相方でごめん。口にはせずに、5日間の仕事に込めようと誓った。最寄駅に着くまでの残り数分の間、雄也はずっとウソノヒトの動画を見ていて、空はまず手当たり次第に撮影に協力してくれそうな人へ連絡を入れた。

4

「お前の感情なんか知らないんだよ！　仕事が進まない！　なのになんで来ないの⁉　なぁ！　お前がしんどいから休むって選択を取ることで！　他の社員はもっとしんどくなるんだよ！」上司からの説教電話をカメラで撮影した映像が流れる。空たちが再現制作した映像だが、ウソノヒトの動画とほぼ変わらない迫力だ。この上司役は、空とは同じ高校で、京都の大学で演劇サークルに所属していた古川《ふるかわ》に演じてもらった。社会人になってから演技をする機会がなかったらしく、楽しみながらやってくれた。ほぼ丸々5日かけて1時間半の動画は完成した。最終チェックを終えて明日、船渡の所へ提出しに行く。

初日は寝ずにシーン割りを書き下ろしながらキャスティングなどの連絡を終えた。日雇いバイトをしていた知人が多かったので、エキストラには困らなかった。オフィスは空が日雇いバイトをした会社で、空と同じくサボりたい社員と仲が良くなっていた関係で、人が出払う時間帯に使用させてもらえた。

2日目の途中から撮影をスタートさせたものの、最初は撮ってみると違和感のある映像になるばかり。撮り終えた映像とウソノヒトの映像を細かく見比べて、カメラ画角、声の大きさなど、何度も調整し直した。雄也もかなりハイペースで編集を行ってくれて、間違いなくウソノヒトの動画と同じ編集を完成させてくれた。2人とも5日で合計10時間も寝ていないだろう。この最終チェックを終えると、久しぶりに朝まで寝てから提出することができる。

「うん。完璧やな！」

最後のシーンを流し終えて、雄也は動画ファイルを閉じた。

「爆麺食べて寝るか！」と言って雄也がお湯を沸かす。

不可能だと思っていた動画は、意外と作ることができた。

「なんか、やってみるとできるもんやな。無理に決まってる！　って拒否反応が早すぎるんかもな」

雄也も同じことを考えていたらしい。爆麺の透明なビニールを剝がしながら、空の方を見た雄也が手を止める。

「空？　なんかあった？」

空は顎に手を当てていた。

「いや、別に」

「どこか編集ミス？　遠慮せず言ってや。直すし」

「いや、編集ミスはなかった。古川の演技もさすがやったし、カメラ画角とかも狂ってなかったと思う」

「よな。なんでしっくりきてない？」

「うん。なんか」

「なんか？」

「怖くなかった」

「え？」

不思議そうな顔で、雄也が空に近づく。

「怖くなかったんよな。映像が。ウソノヒトの動画は、怖いのに」

「それは……作り物と、本物の違いじゃなくて？」

「まあそうなんやと思うねんけど、あくまで映像やから、目と耳に入ってくる情報が全てやろ。それなら完全再現できるはずやのに」

「知ってるからじゃなくて？　偽物って」

「違う。あと多分やけど、作ってみて思ったことやけど、いや違うかもやけど」

「なんやねん」

雄也が笑う。

「ウソノヒトの動画も作り物やと思う」

「え⁉　ほんまに？　なんで」

「分からへん。なんかそんな気がした。て言うか、作れる気がした。本物は作れなくても、本物の映像は」

「いやでもさ。結婚詐欺師、実際に捕まってるやん」

「確かに。その動画は分からんけど、少なくともこのブラック企業のやつは、リアルじゃなくて、再現動画やと思う。と言うか、〝本物の映像〟を作った物」

「なるほど」

分かっているような相槌《あいづち》を雄也は打っている。

「まあそこは問題じゃなくて、まだ何かある気がするんよな。俺らの動画にも」

そう言って空は再び「ウソノヒト」の動画を見はじめた。

雄也は黙って空を見つめる。

何が違う。何が足りない。ウソノヒトの動画を見て、よく音を聞く。ジッと見つめようとすると、反発するかのように瞼《まぶた》が閉じたがる。寝ないように目を見開くと、思い出したように睡魔が襲ってきた。頭の中がボ〜ッとして、このまま目を閉じて布団に飛び込むことを想像すると、これ以上の幸福はないのではないかと思ってしまう。「気のせいやった。大丈夫やな！」のひと言さえ言ってしまえば、終わりにできる。一度思ってしまうと、考える力が弱まる。ここが限界なのかもしれない。雄也に告げて、これで完成にしようと思った時、スマホの通知が鳴った。母親からメッセージが来ていた。「お爺ちゃんから。お母さんは反対やねんけど、どうしても言えってうるさいので伝えます。〝今年の花火も観に来なくていい。病気も気にするな〟です。お母さんはそう思ってません。でも、空が決めなさい」

3年ぶりの爺ちゃんからのメッセージだった。

爺ちゃんへの怒りはない。自分の現状が招いた結果だと思う。なんとしても、爺ちゃんに認めさせてやりたい。自分の夢を、信じさせてやりたい。

もう一度動画を再生してよく見る。ブラック企業で働く会社員の映像。迫力のあるパワハラ。

本物と変わらない物が見える。本物と変わらない音が聞こえ……ない？

「え？」すぐに停止ボタンを押して早戻しをして同じ箇所を繰り返した。主人公がオフィスの扉を開けて入るシーン。オフィスの扉の音が聞こえていない。

「音がない」

　空が見てきた箇所は勤務8年目のシーン。空はもう一度1年目に戻り、オフィスの扉を開けるシーンを再生する。扉を開く時の「ガションン」という重たい音がはっきりと聞こえる。扉を修理しただけ？　いや、それにしても全く聞こえないのはおかしい。そのまま次は、説教シーンを再生する。

「やっぱり！」声を張り上げる空に、雄也は「なになになに！」と横に座って尋ねてくる。気づいたと同時に、ウソノヒトのこだわりが異常すぎると思い、背筋が凍った。

「本物より本物な偽物の映像や」

「どういうこと？」

「音を消してる。例えば扉を開ける音、1年目でははっきり聞こえるのに、8年目では全く聞こえない」

「え？　扉を修理したんじゃなくて？」

「ほんでこの、説教シーン」

　雄也を無視して続ける。

「説教される前までは社内で聞こえるはずの事務音が聞こえてるのに、説教がはじまったら途中からだんだん聞こえなくなってる」

「なんで？」

「だからこれは〝ブラック企業という場所で実際に起きてる本物の映像〟じゃなくて、〝ブラック企業で働く人が体感するものを聴覚まで完全に再現した映像〟ってこと。上司に説教されてるときにパソコンをカタカタさせる音とか、認識するか？　せんやろ！　上司の声以外、何も聞こえへんくなる。説教が終わって、一息ついてから、音を認識する。1年目の時は、オフィスの扉を開ける時に、音を嚙み締めながら開いていたけど、8年目になるとオフィスの扉を開けることに何も感じなくなってて、音を認識していないってことやと思う」

「マジかよ。どうやって」

「オフィスの扉の音は、扉音だけ別撮りして差し込んでるんやと思う。説教シーン含む会話シーンは、多分全部……」

「アフレコ？」

「やられた!!」

机をバンと叩いて声を張り上げる。

「クソが！　偽物かよこいつ！　なんで気づいたの今やねん！」

「やっぱ。スゲェ。ウソノヒト」

「なに感心してんねん」思わず笑い声が混じり、雄也の肩を叩く。

「できるとこまで近づけよう。オフィスの扉だけでも無理かな」

「俺らの映像やとプレハブ事務所やったよな？　あそこ確か音ほとんど出てなかったよな。調べてみようか？　どこかから効果音素材引っ張ってこれへんか」雄也がパソコンを操作しながら言う。

「いや、絶対違和感になる。カメラと扉の距離とか合わせないと。どこかにないかな。今から音だけでも録らせてもらえ……る」言いながら、スマホをポケットに入れて立ちあがった。

「どこ行くん？」

「1つだけアテある。多分アイツは仕事遅いからまだ残業してるはずや。頼み込んでくる。音だけ録ったらすぐに戻るから、雄也はそれまで一旦寝ててくれ！　悪いけどそこから編集しんどいのは雄也やと思う」

「分かった！」

話しながらアパートを飛び出した。走っていける距離だ。頼む。

※

10分ほど走った。胸の中で空気が膨れ上がる。苦しいというよりも、肺が痒《かゆ》く感じた。つい最近100キロマラソンを完走したのに、わずか10分足らずでも同じくらいキツい。工場が見えてきた。暗い。もう帰ってしまったのだろうか。ブレる視線を抑えるようにスピードを落とすと、入り口の門を閉めようとしている人影が見えた。

「すみません！　待ってください！　門！　閉めないでください！」

ほとんど出し切った二酸化炭素の残りカスを使い、声を張り上げる。門を閉めている人が手を止めてこちらを見てくれた。

距離が近くなり、人影が人に変わる。

「すみません」息を吸い込みながら、謝るついでのように両膝に手をつき頭を下げた。

「なになに？　どうしました」

空が顔を上げると「あれ？　福嶋くん？」と顔を覗き込みながら声をかけてくれた。刈られたヘアーの正社員だった。

「あ、良かった。会えた」

「なんやそんな急いで。この前、忘れ物でもしたんか!!　けっこー前やけどあるかぁ!?」

「いや、刈られ……じゃなくて、えっと、えー、鈴木さんに会いたくて」手のひらで刈られたヘアーの正社員を指しながら言うと「杉山《すぎやま》じゃ！」と笑いながら訂正された。

「すみません。杉山さん。あの、前回ありがとうございました」

「いやいや、ええけど」

杉山は、前回会った時より優しい雰囲気をまとっていた。きっと仕事の時は、カッコつけスイッチを入れているのだろう。

「杉山さんに説教してもらって、色々考えて、友達と本気で仕事しています」

徐々に息を整えるように、ゆっくりと話を進める。

「そうなん⁉　めっちゃいいやん！　応援してんで」

予想通り、〝自分のおかげで成長した年下〟にはとても優しい。

「それで、あのお願いなんですけど、事務所の扉の音、収録させてほしくて」

「扉の音⁉　なんで？　今？　そんな急いで」

「えーっと、あの……」YouTuberなんて言うと「え、YouTuber⁉　福嶋くんの動画どうやって見れるん⁉」なんて言い出して話が長くなりそうだったので、適当な言い訳を考えた。

「効果音を素材として撮って売る仕事してます。今動画って凄い人気じゃないですか。YouTuberとか」

「え、YouTuber⁉　福嶋くんの動画どうやって見れるん⁉」

「いや、YouTuberじゃないです。YouTuberとか動画制作してる企業に効果音を売っています。色んな音を収録して販売するんです。明日企業に試作品を提出するんですけど、そう言えばここの事務所の扉の音が気持ち良かったので、それも入れたいなと思って。杉野さんにしか頼めなくて」

「杉山ね。まあええよ！　音だけやろ？」

杉山はそう言いながら門を再び開けてくれた。

「でも凄いなぁ！　YouTuber！」

だからYouTuberとはいってないが、そのまま「はい」と答えておいた。

「あ、そう言えばうち、コピー機の音がさ、けっこー独特やけど、それも録る？」

「あ、それは大丈夫です。ありがとうございます」

心の底から、杉山に感謝した。なんかまだちょっと見下してしまうけど、とてつもなく良い人だ。急いで扉の音を収録して杉山に頭を下げた。「実はな！　俺も自分で会社やりたいなって思ってるねん！　色々話そや！」と飯に誘われたが、断って雄也のもとへ走った。

※

「なんかさ、前来た時は悪の組織に連れ去られるシーンを撮るならここを選ぶって言ったけど、今やったら連れ去るシーンで考えてまうな」

「明らかに悪みのある組織風の2人組やもんな」

「て言うか、船渡がそのボスなんちゃうん。ほんまに連れ去られてるようなもんやん」

　空が呼び捨てにしたことで雄也も笑い「聞かれてないよな？」と心配になり2階の窓を見上げる。株式会社ウソノヒト大阪支社のアパート前でアポイント時間の19時までの残り4分を待っていた。幸運なことに朝方に船渡から「やっぱり19時でもいいか」と連絡がきた。結局、扉の音を切り替えるだけで11時まで作業をしていたし、まだ終わっていなかったので「はい！」と返事をして、18時までぶっ通しで作業をした。編集は雄也が行っていたが、空も横につきっきりで音量調整をしていたので、もう何時間寝ていないのか分からなくなっていた。数えようとしても、昨日と一昨日《おととい》の境目が分からなくなってきて、数える作業は〝何も考えない快楽〟に負けて断念される。

「そろそろ上がろうか」

　雄也が声をかけて階段を登った。ウソノヒトの部屋の前について、インターホンを鳴らす。

「てか、今思うと今日って船渡さんじゃない場合もあるんかな？」

鳴らしてから気づいたことを少し後悔しながら雄也が聞いた。

「あ、確かに。いやでも約束してるんやしシフト？　的なのは入ってるやろ。他の人もおるかもしれんな」

「はじめましてやのに、こんな状態でええんかな」

奥から音が聞こえて、そのまま扉を開ける。船渡だった。

「あれ、福嶋くんも来たの？」

「はい。前回はすみませんでした。共作で1時間半完成させました。僕はダメでも良いんで、見てもらいたいです。よろしくお願いします！」

部活動をしていた頃のように腹から声を出してお辞儀をした。

「ははは。そんな声張らなくても全然いいよ。とりあえず中入って」

船渡に案内されて、事務所のリビングに入る。船渡以外はいなそうな雰囲気だった。中は何も変わっていない。まるで空と雄也が来た日から、この部屋だけ時間が経《た》っていないように。

「データある？」

「はい。よろしくお願いします」

「はい。じゃあちょっと見てくるから。座って待ってて」

冷蔵庫から取り出したお茶を入れて、また空と雄也に出してくれた。

「すみません。いただきます」

空は追い返されると思っていたので、お茶まで出されたことに少し驚く。

「今から1時間半か」

雄也が呟いた。空調の利いた部屋でソファに座り、思わず寝てしまいそうになる。

「これ、起きとくの地獄やな、普通に」

「うん。でも寝たら船渡に、改造される」

途中から笑い出しながら、今度は雄也が船渡を呼び捨てにして、2人で声を潜めて笑う。

人間は睡眠時間と笑いの耐性に因果関係があるのかもしれない。寝ていなければ寝ていないだけ、笑いのハードルが下がる気がした。だからお笑い番組とかは基本夜にやっているのだろうか。起きたての朝は、あまり笑えないのかも知れない。

「せっかくやし、次の企画の会議するか」

空の提案に雄也は「そうやな」と言いながらスマホを取り出した。空も前回の動画再生回数を確認する。

100キロマラソン企画は7万再生を突破していた。空が飲み会を隠し撮りされていた動画は84万再生まで伸びていたので、そこから考えると大きくはないが、それでも2人にとっては貴重な動画となった。再生回数よりも大きかったのはコメント欄で、走り切った空の根性、雄也の優しさ、コンビ愛を讃えてくれる発言が多かった。チャンネル登録者数も7000人を突破していた。

「この次の動画大事よな」

雄也がコメント欄をスクロールしながら、囁《ささや》く。場所も相まってか、戦場で相棒と会話しているような雰囲気を醸し出していた。

「うん。でも考えたんやけど、しばらく出さなくていい気がする」と言った空に、

「え？　まじ？　なんで？」と雄也は驚く。

「なんか、ウソノヒトの1本目をあそこまで細かく見て、正直度肝抜かれた。元々ありえへんくらい高い完成度の動画やのに、いちいち音量を調整したりしてさ。あんなん視聴者は誰も気づかへんで」

「そうやな」

「気づかへん部分にこだわりがいるんかな」

「そうなんかな」

「とりあえず、今のままやと出しても無駄やから。もっかい軸から考え直さないとあかん。いつまで経ってもウソノヒトに勝てへん気がする」

「ウソノヒトに勝てない」という言葉が自然に出てきたことに自分で驚いたが、雄也は当たり前のように「おう」と返事をしていた。

企画も撮影も演出も、何もかも変えないといけない。今のYouTubeでは全く通用しない。ただどこをどう変えれば良いのかは、何も思いつかない。睡眠不足のせいであってくれ、と願った。

「音！　気づいたんだ。凄いね」

作業部屋から船渡が出てきた。まだ10分も経っていない。

「あ、はい！」

空も雄也もすぐに立って返事をする。

「あ、座って」

「はい。失礼します」

「えっとね、とりあえずやるならば、喜多村くんには編集をしてもらいます。うちは基本的に最初の投稿から編集のやり方を変えてないから、新しいシリーズも編集できると思う。んで、福嶋くんは、情報収集」

「情報収集ですか?」

「そう。最近の報道の嘘シリーズは知ってる?」

「はい! 見ています」

「これが多分、うちの今後の心臓になってくると思う。一番コンセプトに近いシリーズやし、何よりネタが尽きることがない。とにかく、色んな知恵を絞って、過剰報道ネタをかき集める。良いネタがあったらピックアップして、伸びないネタはリストにまとめてあるからそこに追加する。できる?」

前回に続いて、話の展開が速くて落ち着かない。考える頭の余裕もなかったので思ったことをそのまま口にする。

「合格ですか?」

「うん。まあ合格と言えば合格」

「と、言えば?」

空が聞き返すと、船渡は腕を組み考え込んだ。

「はっきり言うけど、来てもあんまり君たちのためにならないと思う。それでも来たいなら、仕事しても良いけど。君達は、君たちのエンターテインメントを作りたいんでしょ?それがどんなジャンルなのか分からないけど、うちと全く同じレポート系でない限り、学びなんてないよ。時間の無駄だと思うな。どんな仕事もそうで、その仕事にあった作業を〝やる〟か〝やらない〟かだけ。もちろんうちで仕事をしたら、ウソノヒトのコンテンツ制作作業を覚えることはできるけど、それ以上でも以下でもない」

全く予想していなかった船渡の発言に、空は、今発すべき言葉の選択に時間がかかっていた。船渡は「ゆっくり考えて」と言っているかのように、立ち上がってお茶のおかわりを入れてくれた。

「ありがとうございます。でも、一流の仕事を学べるのは良い経験になるかなと思います」

時間をかけた割に、誰でも思いつくような言葉しか出てこなかった。

「じゃあ聞くけど、一流の仕事ってなに？」

優しい表情のまま聞いてくる船渡の質問は、より圧を感じる。

「僕に言わせれば、一流だからこその仕事術なんてない。成功する秘訣もコツもない。すごくシンプルに、君たちよりも〝やる〟か〝やらない〟かで、〝やっている〟だけだ。もっと言うと、〝やる〟の意味合いが違う。例えば、〝企画を考える〟という作業をするとして、君たちの企画は〝良さそうな企画を思いついた〟時点で終わっている。でもそんな企画は僕からすると〝思いついたけど排除した企画〟なだけなんだよ。脳の中にたくさんの企画を思い浮かべて、簡単に思いついた部分を取り除いていく。奥に掻《か》き分けていく。

すると奥の奥の方に、もっと良い、さらに磨きをかけた〝企画〟が出てくる。この作業まで〝やる〟を選んでいる。君たちはそれを〝やっていない〟だけで、一流の仕事術でもなんでもない。厳しい言い方をしているけど、それだけだよ」

船渡の言葉は、空のこれまでのやり方を見透かしているようだった。一枚一枚、今まで自分が考えた企画の答え合わせをされているかのように、深く届いた。全て図星であり、明らかに自分よりも、覚悟を持ってYouTubeに挑んできた人の言葉だった。

「ありがとうございます」

空にできる、精一杯の返しをした。

「ありがとうございます」

雄也も続く。

「はは。ごめんね。落ち込ませたいわけじゃなかったけど、応援してるよ」

「ありがとうございます」

同じ言葉しか出てこない。

「まあ、うちで働くかどうかは任せるけど。どっちにしてもキツイよ。僕も、スタッフと組むのははじめてだから、なんか不満あったら言ってね」

「はじめて？　えっと、部署とかがないってことですか？　単独で任されてるんですか？」

　空が聞くと船渡が「あ、言ってなかったっけ」と呟いた。

「ウソノヒトね。僕1人なんだよ。チーム組んでるってのは嘘で、最初から今日まで、全部1人で作ってる」

　淡々と言い終えた船渡は、そのままお茶を飲み干した。その姿は、嘘をついている人のそれには見えず、「いやいや冗談キツいですよ」というツッコミを入れることが間違いだと察して、やめた。

「はい？」

「ん？」

「どういう意味ですか？」

「そのままだよ。チャンネル説明欄でスタッフ募集って書いてるけど、雇ったことない。君たちが入るなら、はじめてのスタッフになる」

　空と雄也が呆然としているのを見て、まだ説明が必要だと感じた船渡は続ける。

「コンテンツの種類と、動画量的にね。1人でやってるって言っても信じてもらえないんだよ。そんな類のコメントが大量に来てね。それならもう面倒くさいからチームでやってることにしようと思って。チャンネル説明欄にスタッフ募集って書き込んだ。実際は、特に人手も必要じゃなかったから、返信すらしてなかったよ」

「いやいや、動画毎日出してますよね。30分尺の。編集も自分ですか？　無理ですよね絶対」

「無理じゃないよ。30分動画の編集は調子いいと6～7時間で終わるから。あと構成と企画まとめに大体一日5時間とか。撮影は撮影日にまとめて撮るから、撮影日前後は編集が一日12～13時間とかかかる時期もあるけど、それでも合計18時間だからね。6時間も余るよ。まあなんだかんだで毎日18時間くらいやってるけど。一日は24時間もあるからね」

「いや、簡単に言いますけど。3年間毎日投稿ですよね。休日とかどうやって作るんですか」

「はは。休日いらないでしょ。ずっと思ってたことなんだけど、人間って元々動物なんだから、毎日自分の食事を本来なら狩りで用意しないとダメなんだよ。大人になったら子供の分も。釣竿《つりざお》も何もないよ。本能と体力で生きてる命を捕まえるんだ。さらに自分のことを狩る動物が周りにいて、そんな状況で休日なんか過ごせるわけがない。家に帰って休める時間すらないのが、動物の本来の労働量なんだよ」

船渡は、何かが外れたように、話を続ける。

「現代で、それより努力してる奴いる？　いないでしょ。やれ定時に帰れないとか、甘ったれたこと言ってるから何者にもなれないんだよ。そりゃ、ブラック企業で働いていた時はこんなの終わってる！　とか思ってたよ。やりがいも何もないクソみたいな仕事だったしね。でも、いざ自分で仕事をするってなると、なんか、当たり前だなって思った。あぁ、話戻るけど。人間は睡眠と食事さえ取れたら残りは労働できる。少なくとも僕はそうしてるよ」

反ブラック企業動画を投稿していた船渡は、〝悪〟に対する正義だと思っていたが、その人が〝悪〟側の思考を持っていて、ただしそれを〝悪〟と思えないような気持ちにさせた。誰も考えないような暴論だが、不思議と間違っている感覚はしなかった。その通りなのかもしれない、と感じている自分がズレてしまっているのか。

「結婚詐欺の動画は？　被害者に対する取材ですか？」

「あれも僕。知り合いが騙されたのをたまたま聞いて、コンテンツのネタに凄く良かったから彼女に接触した。ちょうど最初の動画がバズって数か月で数千万円入ったから、それをそのまま注ぎ込んだよ。元々デートはそんなにしてくれない相手だったから、時間的にはそこまでキツくなかったよ。あ、でもなんかあれのせいで警察が動いて、証拠動画見せてくれとか言われたのはめんどくさかったな。一応、デートとか全部録音してたからさ」

イカれてる。船渡という男は、正しいかどうか以前に、人としての感覚が異常値にあるんだ。コンテンツ制作に人生を乗っ取られているんだ。

「それ大丈夫なんですか？」

久々に雄也が口を開いた。

「ん？　お金？」

「いや、本気で好きになっちゃったりとか」

久々に喋ってそれかよ、と笑いそうになる。

「知り合いが騙された直後だからね」

船渡さんは笑顔で答えてくれた。

「船渡さんは、彼女とか欲しいって思わないんですか」

雄也が聞いた。

「結婚して子供もいたよ。YouTuberになってすぐ、逃げられた。会社員時代はさ、どんだけ仕事ばかりしてても、会社や上司っていう〝悪い奴のせい〟にできるみたいで、家族の時間がなくても僕に怒っては来なかった。でもYouTuberになると別だ。家族の時間を大切にしないという選択を僕がしてることになる。元妻はそれが耐えられなくて、離婚して子供を連れて実家に帰った。悲しかったよ。でもその次の日には普通に仕事してたよ僕。怖いだろ」

船渡は立ち上がり、リビングのカーテンを開けた。外から車や工場などの光が見えて、ここが現実世界であったことを確認させてくれた。

「夢追い人は、幸せになんてなれない」

背中を向けて発した船渡のそれは、これまでの船渡の発言ではじめて、圧がない、弱い言葉のように感じた。

「悲しいけど、僕が出した答えです。君たちも本気でやりたいなら、常人の幸せなんて摑めないと思うよ。友達と遊ぶ時間なんてもちろんない。恋愛のパートナーがいたら、誰よりも傷つけると思う。それでも、それでも夢を叶えたいかどうかだよ。その覚悟がないなら、夢なんて追わない方がいい」

「船渡さんの夢は何ですか？　世の中から嘘をなくすこと？」

雄也が聞いた。

「喜多村くんはほんとにおもしろいね。嘘をなくすなんて無理だよ。興味もない。嘘はコンテンツとしての強度が高いから、テーマに設定した。僕の夢は、ＹｏｕＴｕｂｅを通して〝今暗い気持ちの人を笑顔にすること〟。だからネガティブをコンテンツテーマにしているんだよ」

「かっこいいっすね。そういう人」

雄也が素直に言うと、船渡は想像以上に笑っていた。

「君たちの夢は？」

空と雄也の目を、真っ直ぐ見て聞いてきた。

「世界の全員を笑顔にすることです」

雄也がすぐに答えた。

船渡が空の方を見る。

空は俯いた。「宇宙に花火を……」

「え？　宇宙に花火を何？」

「あ、いや、何でもないです。今は夢とかないですね。目の前のことに必死です」

「そうか。それも良いと思う」

空が何か言いかけたことに気づいていたが、特に深く聞き出すこともせずに、船渡はにっこり微笑んだ。空には船渡という男がよく分からなかった。怖《こわ》いのか、強いのか、弱いのか、優しいのか。そのどれもを持っていて、どれでもない人のようだ。

「あの」

空の呼びかけに「なに？」と船渡が聞き返す。

「やっぱり、ここで働くのはやめておきます。自分たちのコンテンツで勝負したいです」

勝手に自分の意見を言ってしまったが、横で雄也が頷いているのを感じた。

「そうか。分かった。じゃあ、テスト動画作成分だけ、制作料払うよ」

「いや、貰えないですよ」

「大丈夫」と言って、船渡は奥の資料棚から何かを探しはじめた。

「本当に貰えないです。あの、その分お金はいらないんで、アドバイス貰えませんか？」

請求書の束らしき物を見つけたが、元にあった場所に戻して船渡は少し考えていた。

「アドバイスらしきアドバイスはないけど、〝自分の面白いを信じてあげること〟。君たちがこれまでに出してきた動画も、否定したらダメだ。君たちが〝面白い〟と感じたんだから、きっとそれは面白い。改善するのは〝届け方〟や〝伝え方〟であって、面白いかどうかを疑ってはいけない」

「ありがとうございます！」

大声を張って、頭を下げた。

「次、僕もお願いします」

雄也が手を挙げて言う。船渡は「ずるいね。2人へのアドバイスだったのに」と笑った。

空もつられて、笑ってしまう。

「じゃあ、思ってることはっきり言うよ？」

「はい！」

「2人、解散した方がいいね」

「え？」

「あくまで僕の意見だけど、漫才師でもないのに2人でやる意味が分からない。明らかに効率が悪い。友達と楽しく仕事をする、なんて幸せは、捨てた方が良い。言ったでしょ？夢追い人は、幸せになんかなれない。僕が言ってる〝覚悟〟ってのは、そういうことだよ。本当に心から〝自分がやりたいエンターテインメント〟を考えて、自分に嘘をつかずに、追い求めた方が良い」

　さっきまでの楽しい空気が嘘だったかのように、また重たい空気が巡る。

「まあ2人が決めることだから」

「はい。ありがとうございました」

　雄也がかなり動揺していたので、空が返事をした。部屋を出る前に「最後に一つだけ質問いいですか」と空が聞いた。

「いいよ？」

「なんで、僕たちにはメール返してくれたんですか？」

　船渡は少し考え込んで、笑顔で空と雄也の目をしっかり見てから答えた。

「好きだったからだよ。2人のエンターテインメントが」

動画を前から見てくれていたのだろうか、と疑問を抱いたが、これ以上聞くことはしなかった。

「ありがとうございます。お邪魔しました。また会えるのを楽しみにしています」

「うん。僕も。気をつけて帰ってね」


2人を見送った後、船渡は1人で、とある日を思い出していた。ブラック企業で働く会社員から、YouTuberになろうと決めた日。酷い台風で止まった電車の中、心身共に疲れ、周りの人への配慮もできない人間だった。泣き喚く子供に舌打ちをしてしまうほどの最低な大人だった。あの日、電車内に現れた2人のエンターテイナーに心を変えて貰った。暗い世界を照らすエンターテインメントに夢をもらって、YouTuberになった。

「頑張れ。負けるな」

窓から、駅へ向かい歩く2人の背中を見て、囁いた。

※

最寄駅の公衆トイレで手を洗った後、温風乾燥機に両手を突っ込む。いつもならサッと流すだけだが、きちんと水っ気が飛ぶまで風を当てた。船渡の所を出てから、雄也と2人で電車に乗り、最寄駅まで帰ってきたが、会話は特になかった。船渡から出てくる言葉の全てが重たく、その背景に、船渡が積み重ねてきた努力と覚悟を感じた。ひとつひとつが空と雄也にとっての未来に繋がる確かなヒントで、心の中にきちんと居座っている。だからこそ、船渡からの「解散」という言葉も同様に、簡単に放り投げることはできなかった。

「うぃす。ごめん、ごめん」

「お」

トイレ前のベンチに座っていた雄也に声をかけ、2人の家の方向へと歩き出す。船渡のアパートを出てから、解散については「ヤバいこと言うな」と笑いながら言った空に対して、雄也が「ほんまに」と答えたのみで、車内ではほとんど会話をしなかった。周りに人がいて会話をしすぎると迷惑になる車両内と違って、2人きりの徒歩の帰路で会話をしないのは「解散」という言葉を重く受け止めていることへの確認行為となってしまっていた。「解散」という言葉に対して、すぐに「ありえない」というには、YouTuberとしての敗戦の日々が長すぎたのかもしれない。少なくとも「このまま続けても」とは思っていたし、その可能性を感じるには充分だった。特に空にとっては、雄也がどう感じているのかが気がかりだった。数字が伸びていないのは企画者である自分の責任が大きいし、底辺まとめ箱の件でも大迷惑をかけた。卑怯かも知れないが、雄也が解散したいなら止められる権利なんてないかも知れないと思っている。

駅から歩いてもう数分がたつ。空の家が近づいてきた。

「船渡さんさ」

「うん?」

「ほんまに1人でやってきたんかな。なんか、同じYouTubeやってた俺らからすると、信じられへんよな」

解散話をしない空気に耐えられない空から話題を振った。この話題が終わる頃には、家に到着できるだろう。

「1人ではないよ。正確には絶対。そんな人いないから」

「ん?　まあ、すごいな。でも、俺らももっとできたな、とは思う。ただなんかアイツ、良い奴なんか変な奴なんかよく分からんよな。ちょっと怖いし」

笑いながら言った空に対して、雄也は返事をしない。少し歩いてから、意を決したように雄也が口を開いた。

「空」

「ん？」

「競走しよう」

「競走？」

「競走。かけっこ。空の家まで、どっちが速いか」

「なんでよ」

「勝った方が、意見を言おう。解散についてどう思ってるのか」

このまま解散について持ちかけられると覚悟したが、意外な提案だった。

「勝った方なのね。て言うかお前、足速いん？」

「いくよ」と言って雄也はスタート体勢に入る。

「待て待て。お前だけ俺の足の速さ知ってるん卑怯やろ」

思えば雄也が全力で走っているのを見たことがなかった。学生時代のタイムなども聞いたことがない。

「いや空も100キロやん。参考にならんて。てか、短距離走に速いか知ってるかどうかあんまり関係ないやろ」

笑いながら、雄也は膝に置いた手を「さぁ行くぞ」と言うように叩く。家まで100

メートルちょっとはあるだろうか。空も渋々、スタート体勢に入る。雄也は競走で勝って、解散を持ちかけたいんだろうか。そう言えばコンビを組んだ初日に雄也に「足、遅」ってツッコミを入れたな。家まで歩いて20分の所を、走ったら19分とか言っていて。あれは雄也の明らかなボケなのは分かるが、少しは足が遅い自覚があるから自虐ボケをしたのだろうか。なんにしても、勝つしかない。空は運動会ではクラスでTOP5には入る速さだった。リレーのアンカーとまではいかないが、アンカーにバトンを渡す最後から2人目を走ったこともある。

「よーい、スタート！」

雄也の掛け声と共に、大人が2人、全力で駆け出した。スタートを切って約1秒後、横にいる雄也の体が前から大きな力で引っ張られているかのように加速した。

雄也は走り方からして、明らかにクラスでもぶっちぎりに速い奴だった。「あ、無理だ」と思っている間にも、雄也の体は空を置いていく。「いやめちゃくちゃ速いんかい！」長めのツッコミを心で叫び終えた頃には数メートルほどの差ができていた。半分を過ぎたあたりで自分が重度の寝不足であることを思い出した。頭が割れるように痛み、脈を打っていた。

ぶっちぎりの差をつけて空のアパート横に着いた雄也は、振り返り、空の到着を優雅に待つ。

「足、遅っ！」腰に両手を添えながら雄也が言う。「いやお前速すぎるやろ。せこいって。俺のマラソン見て勝てると思ったんやろ」

「マラソン見てなくても勝てると思ってるよ。かけっこで負けたことない」

「じゃあ余計ずるいわ」

息を整えながら顔を上げる空を、余裕そうに腰に両手を添えて見る雄也が、ポーズから得られる余裕感をそのまま利用するかのように、堂々と喋りはじめた。

「空、解散は無しや。絶対無し。コンビでやる理由とか、意味とか、効率とか、訳分からん。そんなん知らん。コンビでやるぞ」

空は、雄也のいい加減な言い分に思わず笑う。雄也が解散という考えを持っていなかったことに安堵した。というより、純粋に雄也の言葉が嬉しかった。

「俺の家よな？　ゴール。ここまだ家の下やで？」

「え？」と聞き返した雄也を出し抜き、アパートの2階へ全速力で駆け上がる。幸いにも階段の下に空がいたこともあり、急いで鍵を開け、部屋には空が先に到着した。

「お前、ずるいって！」雄也が声を張る。

「声デカいから。夜やから。あと、解散は俺も無し。2人で売れよう」

狭い玄関で告げた空に、雄也は笑って右手を出した。右手を掴むと、力強く引きつけてハグをされる。空もハグに応えて左手で背中を叩いたが、まだ何者にもなっていない2人のハグがどれだけ恥ずかしいかを実感した。いつかこのクサいハグが、絵になるような大きなコンビになれるのだろうか。なりたいなと、本心で思った。

「よし！　作戦会議やな！」

「オッケイ、船渡から得たヒント活かすか」

靴を脱ぎながら部屋に入る。

「飯食う？　爆麺」

「食おう食おう」

リビングではコンビ結成以来おそらくはじめての、大変革会議が行われた。空も雄也も、寝不足のことは忘れている。爆麺1つをまた分けて食べ終え、睡魔にやられて気絶するまで会議をした。

それでも何一つ、新しいアイディアは見つからなかった。

※

「5時になりました。お家《うち》に帰りましょう」街に流れる子供向けアナウンスの音を、耳が心地よく捉えていた。音は耳の近くを、くるりくるりと楽しむように回っているだけで、空の脳までは来ようとしない。ぼんやりする頭で、目を薄く開けて寝返りを打つ。ふかふかの掛け布団を頬の右下に敷いて、再び目を閉じた。

「うわっ」

雄也の声だ。決して大きなリアクションではなく、買ってきたアイスを冷凍庫に入れようとした時にちょっとだけ柔らかくなっていた時と同じテンションの「うわっ」だった。雄也の方を見る。目が合うと雄也が「5時」と答えた。空はようやく頭のモヤがゆっくり晴れてきて、先ほどまで耳元でくるりくるりと回り、どこかに飛んでいっていた音が、急いで耳から脳に入ってきた。

「え、5時⁉」

今度は、なかなかに大きなテンションだ。友達と夜中に長電話していて不意に時計を見た時の「え、5時⁉」と同じテンションだった。雄也はケタケタと笑っている。

目を見開き、頭をかきながら「いやいや、寝過ぎやろ」と言った空に「ほんまに」と雄也は逆に、冷静になっていた。

「何時に寝たっけ」

「覚えてないけど、空が3時やな、って言ってたのは覚えてる。そこからちょっとやったけど、外、明るくなってた記憶はない」

「6時前に寝たとしても11時間以上やで」

「なんか身体動かんかんもん」

「お前が走らすからやろ」

「うわっ、俺メッセージの返信忘れてたわ」

「ほんまやな。SNSで謝っとこ」

今朝のSNSメッセージ返信の担当は雄也だった。これだけは5日間休まず意地で続けていた。

長すぎる睡眠を取ると、昨日までの激動の5日間がまた別の世界のように感じられた。

空がトイレに行くと、雄也も思い出したようにトイレの前に来て「早よして」と扉を叩く。「暈えぐい。これあと2時間出続けるかも」という空のくだらない言葉に、雄也が崩れるほど笑っているのを音で感じた。その音を確認した空も、オシッコしてる時史上間違いなく、人生一番の笑顔だった。「なにをこんな笑顔でオシッコしてんねん」と自分で思って、また笑けた。睡眠時間と笑いのハードルの話は、関係なかったかもしれない。

水を飲むと、急激に空腹を感じた。食パンが4枚あった。何もつけずに、2枚一気にかじりついた。焼く時間を待つ余裕すらなかった。

「雄也！　食パン食うよな？」

「うん！」

「焼く？」

「焼かん！　てか、量やばい！　これあと4日続くかも！」

これはあんまり面白くないな、と思って再び食パンにかじりついた時に、「ふふ」と笑ってしまった。

「まあようするにさ。船渡の意見では、俺らの動画は俺らが本当に作りたいモノではないってことよな」

食パンを食べ終えた手をパンパンと皿の上で払いながら、雄也が言う。

「うん。そんなことないねんけどな。それよりも、伝え方が下手くそってことよな。そんなんどうやったら分かるん？」

「確かに。面白いは疑うなって言うてたな。作りたいモノ作れてない。のに、過去の動画の面白さは疑うな。って、ちょっと意味分からん」

「作りたいモノってか、やりたいことよな。夢、か。雄也が言った、世界の全員を笑顔にしたいって奴。それができてないってこと？」

「そんなんいきなりは無理やろ！」

新しいチャンネルのアイディアを一晩考えても出てこなかったので、船渡に言われたことから思い出す。2人ともまた横になり、ゆっくりとアイディアを搾ろうとするが、何も出てこない。

「アイディアってどうやって降りてくるんや」

「ほんまに……。てか、空」

「ん？」

「なんか将来の夢、途中まで言ってなかった？」

「いらんこと思い出すな」

「言えよ」

嬉しそうに左肘で突きながら空の方に体を向ける。

「ええって」

「えぇ⁉　夢恥ずかしくて言えへんの？」

煽るように笑う雄也に、「そんなんちゃうから」と返した。

「子供の頃な。一応あった。て言うか、授業参観で発表したことあるねんけど」

「うん」

「ただ、意味不明な夢すぎてめっちゃウケたで」

「ハードル上げるやん」

「そんなんちゃうから」

「早よ言うて」

「爺ちゃんが花火職人ってのもあってな、宇宙に花火を打ち上げたいです。そうして、空を見上げれば世界中の全員が花火を観れるようにします。って」

空が言うと、雄也はポカンとした顔をしていた。

「ほら、意味分からんやろ」

「いや、それで何でウケるんか分からん」

「小学生のツボなんて分からんやろ」

「そうじゃなくて」

「なんやねん」

「凄すぎるやろ」

そう言った雄也の目は、いつもと変わらず真っ直ぐに空を見ていた。

「え?」

「いやいや、普通思いつかんてそれ。天才すぎるやろ」

雄也がおちょくっている訳ではないのは、空にはよく分かる。

「大袈裟やろ」

「いやえぐいって。確かにそうやん！　それ、めっちゃええやん。やろや！」

「はぁ？　お前燃料とかえぐいで。普通に無理やろ」

「そんなもんそのうちなんとかなるやろ。30年後とかになれば」

「人任せな夢やな」

「ええねん。その頃までに、YouTubeで金も稼いで、エンターテイナーとして名前をあげてたらいけるで」

「んー、まあな。そういう意味では俺と雄也の夢一緒よな。世界の全員を笑顔にしたい。誰のことも、諦めたくないって」

「それは言うてない」

食い気味で雄也が茶々を入れる。

「は？」

「誰のことも、諦めたくない。は恥ずいぞ」

「お前なんやねん！」と言って、足で雄也の脇腹を刺す。

雄也は「アヒャ」と声を上げながら「ばりカッコええやん！　誰のことも、諦めたくない」と、先ほどの空のセリフをよりカッコつけて復唱した。空は雄也の上に馬乗りになって、脇腹をくすぐった。雄也は笑い声をあげなら「ごめんごめん！」と叫んでいる。

雄也の上から降りると「生配信しようか！」と雄也が言い出した。

「は？　いきなりやな、今から？」

「今！　そもそも、動画投稿休むことは言わなあかんやろ。今日のメッセージ返信も謝りたいし」

「まあそうか」

「ついでに空の夢も言っちゃおう」

「ええって！　普通に笑われて終わるし」

「ええから、ええから！」

雄也はすぐに立ち上がってパソコンを起動させた。言われるがまま横に座る。

『【緊急】活動と夢について。』というタイトルで生配信はすぐに開始された。

前回の動画が伸びていたこともあってか、開始後すぐに50人以上の閲覧者が来てくれた。

チャット欄では「えー！　急なライブ嬉しい！」「応援してます！」「なになに夢って」と言うチャットや、「誰で草」「不仲コンビの配信はレア」などのチャットもあった。

「えー、すみませんみなさん！　急な配信に来てくれてありがとうございます！　あ、今日のメッセージ返信、思いっきり寝てた！　ごめん！　ちょっと報告と、えー！　報告がありますĺ」

「報告が2個ありますでええやろ」

空がすぐ淡々とツッコむ。雄也が笑う。

「えー、どう、え、何て言う?」

何も考えずにはじめたはいいものの、まとまっていない雄也を横目で見て優しく笑い、空が話しはじめた。

「皆さんにまず1つ、ご報告があります。空に雄也はしばらくの間、動画投稿を休止させていただきます。復活のタイミングは未定ですが、不仲でも、サボっている訳でもありません。最近、ご縁があって、一流のクリエイターの仕事に触れさせていただく機会がありました。そこで、動画投稿に対する姿勢や、クオリティの差を肌で感じ、このままでは一生追い越せないなと実感しました。なので、しばらく動画投稿をやめて、より良い動画制作のために、勉強や修業をしようと思います。いつも見てくださる方には申し訳ないですが、もっと面白くなる僕たちを、待っていて欲しいです」

隣では雄也が「完璧だ。それ、それ」と言わんばかりの頷きを見せていた。

「えー！　寂しいけど了解です！」「待ってます！」「せっかく伸びてきたところなのに！

でも待ってます！」「動画伸びた時に出さないとかアホだな。だから底辺」「一流の仕事！！！　良い経験になったね。2人ならきっとうまく行くよ！」「言い訳してねーで動画出せよ」「刺激受けたら普通動画出すだろ」「誰も待ってなくて草」「楽しみにしてるよ！」

たくさんのチャットが届いた。ネガティブなチャットも、なぜか嫌にならなかった。

「えー、そして！　空くんからもう一つ発表があります！」

「はぁ？　俺が言うんかよ」

「はいっ」

なにが「はいっ」だ。無駄にイケボで返事しやがって。

「なになに」「あ、夢!?」「聞きたーい！」「どうでもいい」

チャット欄をまた目で追いながら、一呼吸置く。

「いやー、そんな、子供の頃の夢やで」と空が言う。

「でも、今なら叶う気がしたから、さっき言いかけたんやろ？」と言っている雄也は、生配信中なのに視聴者のことは無視して、空の目を真っ直ぐ見ていた。

「あー、私福嶋空が小さい頃に描いた夢はですね、宇宙に花火を打ち上げることです。そうすれば、世界のどこにいても、辛いことがあって下を向いてる人も、全員が、空を見上げれば花火を観ることができる。世界の全員を笑顔にできる。と思い、クラスで発表しました。まあ、笑われてしまいましたが……その時より、非現実的だと理解できる大人になったのに、不思議と、叶う気がしています。雄也がいるからだと思います」

「ちなみに、俺の夢も世界の全員を笑顔にすることでした。打ち合わせとかしてなくて！　だから、俺たちは〝誰のことも諦めない〟世界の全員を笑顔にするエンターテイナーになります」

「言うのかよそれ」という言葉は呑みこんで、チャット欄を見る。タイムラグで少し遅れて「アホで草」「思ってた以上に無理そう」「え！　すごい！　かっこいい」「燃料問題分かってない奴」「待って感動した」「2人ともカッコ良すぎる！」「楽しみに待ってます」「そら笑われる笑」「無理」「応援はしてるで！」「絶対できる」「なんでそんなカッコ良いの」「すごいって空くんも雄也くんも！」「宇宙をキャンバスと捉える天才」

変わらずバカにする声も、賛同の声も、どっちも嬉しかった。

「ありがとう。みんな」

空は本心で、声を出した。

「よっしゃー！　景気づけに飲むぞー！」

雄也が声を張り上げ、冷蔵庫から缶ビールを2本取り出して、勢いで乾杯した。空も恥ずかしさを消すように「うぃーーーす！」と大きな声を出して、丸々1本を一気飲みした。すぐに2缶目をあけてまたグビッと飲む。楽しい。雄也との配信が本当に楽しい。夢を語るのが、楽しかった。

「なんでそんなこと思いつくの⁉」というチャットが目に入り、咄嗟《とっさ》に読み上げて、続けた。

「あー、俺さ、爺ちゃんがね、花火職人をしてて、小さい頃から毎年地元で花火打ち上げるのよ。それが綺麗でカッコ良くてさ、ずっと爺ちゃんみたいなエンターテイナーに憧れてたの。友達とか、町の人がさ、爺ちゃんの花火で笑顔になってるのが嬉しくてさ、誇りやったんよ。でもある日ね、花火が終わって、みんな笑顔やのに、俺より2〜3個くらい年下の男の子が、めっちゃ泣いてたの。ビービー泣いてて。なんで爺ちゃんの花火観れたのに泣いてんねん！　ってムカついてさ。でもよく聞いたらな、花火大会で渋滞やったらしくて、間に合わんかったみたいやねん。車の中で、建物の陰でちゃんと見れなかったみたいで、めちゃくちゃ泣いてたんよ。それ観てさ、全員が観れたらいいのにって思って、んでちょうどその年にね、あのあれ、皆既月食やったの！　みんな月見てワーキャーーして、テレビでも日本中の人が月を見た〜とか言うてて、じゃあ月みたいに大きな花火を宇宙に打ち上げたら、みんな観れるやんけって。観れなくて泣く人はいなくなるやんけ。って、ほんまにそれだけ。人が泣いてるの嫌いやねん。笑ってて欲しい」と言うと、横からズーズーと音が聞こえてきて、雄也が顔を涙でビシャビシャにしていた。

「いやだから、泣くなって！」

「お前だってそれ、良い奴すぎるて」

チャット欄も「泣いた」「良い子すぎ」「やばいもらい泣きした」とポジティブなチャットが増え、空は少し照れた。

「空くんのお爺ちゃんの花火大会観に行ってみたいなー！」と言うチャットが目に入り、すぐに読み上げて、「あ！　今年あるよ！　羽斗町で9月に！　行ってあげて！」

「え！　空くんにも会える？」

「あー、俺はな、来るなって言われてるねん。はは。情けないけどこの歳で爺ちゃんと喧嘩してな」

するのか、この話。この話を人にしたことはなかった。

「YouTuberも反対されてて、大学もちゃんと卒業せんとYouTuberなったからな、ブチギレられてさ。ほんで俺、全部爺ちゃんに正論言われて悔しくてさ」

みんなの前だから、雄也もいるから、上手に話さないといけない。

「なんか、爺ちゃんには味方でいて欲しかったから、なんか、自分のせいでそうじゃなくなって、悔しくて」

感情が溢れてしまいそうで、なんとか、間に合うように駆け足で話す。最後の言葉、何度も何度も後悔した言葉。

「爺ちゃんの花火、綺麗と、思ったことないって言ってもうてん」

過去に吐いてからずっと、心の奥に引っかかって、こびりついて取れなかったセリフの復唱は、うわずって、上手く発声できなかった。濁って何も見えなかった視界が一瞬綺麗になったと同時に、頰を伝って後悔が降りていった。

背中が温かくなる。雄也が左手で、赤子を癒すように触れていた。

「ええて」笑いながら、右肘で雄也の手をどける。チャット欄を見ると、味方で溢れていて、また目頭が熱くなる。

「よかったらみんなは観に行ってあげてください。俺らはとりあえず売れないと。俺ら、爺ちゃんみたいなかっこいいエンターテイナーになります」

「おま、え、それ、怒られたとしても行けよ」

雄也も泣きながら、ギリギリで声を絞り出している。

「うん。それも思ったけど、なんか違う気がして」

「なにがやねん」泣きながら、怒り口調で雄也が問い詰める。

「散々、観せてもらったから、小さい頃から爺ちゃんのエンタメを。だから今度は、俺が立派なエンタメ作れるようになって、爺ちゃんを楽しませたい。爺ちゃんももう歳やからな、俺のエンタメで楽しんでから死んでもらわんと！　だから、俺は今は、仕事集中で、夢追いかけます。てかもうええやん俺の話は、そんなことよりアイディアが思いつかんのよな。アイディアってほんま降りてこうへんよな。どうやったら降りてくるんやろ」

目と頬を拭って、声のトーンで明るさを戻す。雄也はまた声にならない声で「ほんまになぁ。考えてるのになぁ」と言っていた。雄也なりに、なんとか真剣な会話に戻そうとしているのが分かった。

チャット欄を読む。「空と雄也ならいけるよ」「そんな簡単ではないよね」「ちょっと考えたくらいでそんなこと言ってるからダメなんだよ」「ここで秘策の迷惑系企画ぶちこんだらおもろすぎ」「本読むとかいいかも！」「ナンパ企画のあの女の子メンバーに入れよ」と、多種多様に送られてきて、その中にあった1つのチャットに目が留まった。

「アイディアは降りてこない。探すもの」

思わず読み上げる。気になったのは内容よりも、チャット主だった。

「え！　おい雄也！　ぱり懐かしい。真っ直ぐフォークやぞ！」

雄也は「え？」と、一瞬の間を置き、「マジ⁉」と食いついて画面を見る。空と雄也が

ＹｏｕＴｕｂｅｒになった当初、再生回数が２００回にも達していなかった頃から応援してくれていた古参のファンからの、久しぶりのチャットだった。

「やば！　懐かし！　真っ直ぐフォーク元気してたんか！　ありがとう来てくれて！」

異常なくらい興奮する雄也に笑いながら、チャットを読むと「なになに」「分からん」と来ていて、慌てて説明を入れる。

「あ、すみません。えっと、僕らがＹｏｕＴｕｂｅｒになった当初、再生回数１００回くらいの頃から応援してくれていたファンです。今日久々にチャットしてくれて」

「えー！　すご！　古参！」「天才を見抜くの早いですな」「モノ好きで草」

懐かしさと、嬉しさが込み上げる。数字が少しだけ伸びてきた頃から、徐々にチャットをくれなくなっていた。〝まだ応援してくれていた〟と言う事実が、素直に嬉しかった。

結局、真っ直ぐフォークからのチャットはその１つだけだった。雄也が「確かにそうやな！　だってさ！　何かからヒントもらうこと多いし、まだまだ勉強足りてないってことちゃう！」とはしゃぎ、空も「インプットか。まだまだ見てないエンタメ多いもんな」となり、とりあえずしばらくの間は猛勉強します！　という結論が出て、視聴者のみんなに感謝を伝え、生配信は閉じた。

「勉強しまくるの楽しみやな。でも、お笑い芸人、漫画、映画とか、エンタメ言うても色々ありすぎるけど、どれにする？」

席を立ちながら、雄也が聞いた。空は、目を擦り、顔を上げた。

「全部見よう。片っ端から、全部」

そう言った空と、ばっちり目があった雄也は、頷く代わりに大きな笑顔を見せた。

「何から見る？」空が聞くと「そらお前、チャップリンやろ！」とドヤ顔で答える雄也。空もなんか、賛成だった。喜劇王チャールズ・チャップリンのＤＶＤをショップへ借りにいく。妙に興奮している雄也が「エッロ〜。チャップリン渋い〜エッロ〜。これ18禁コーナーに置かないとあかんのちゃうん！」と。このおもんないテンションを、ツッコミを入れて突き放すことはせず、そばに置いて噛み締めていた。

※

大きな国道を1本中に入ったところから、マップで見ると十手の短い方の奴みたいになっている道を徒歩で進む。

「合ってんの？　これ。なんか建物の裏側ばっかやけど」少し前を歩き、振り返りながら聞いた雄也の唇の上には、小汚い髭が生えている。空が再びマップを目視し、「うん。あと7分」と答えると、雄也は声を出さずに、動きだけで「ＯＫ」と取れるオーバーなリアクションをしている。

空と雄也は「エンタメの勉強をしよう」と決めて、まず最初にチャップリンの映画を見た。映像画質はレトロで、音声のセリフのない無声映画だった。お茶目な容姿とポップな動きで笑いを誘う体を使ったコメディに、空と雄也は一気に引き込まれた。また、チャップリン映画は戦時中の兵士が療養する部屋の天井にも流され、心の癒しになっていた事実も知り、強い憧れを抱いた。空と雄也のどちらが、よりチャップリンへの憧れを強く持っているかは、チャップリンの象徴とも言える唇上の髭を伸ばしているかどうかで明らかだった。漫画や映画なども片っ端から漁《あさ》り、ほぼ引きこもりのような生活をしてから3週間が経つ。特にインスピレーションを得たのは「チャップリン」と、コンビお笑い芸人「青木《あおき》ジャナイ's」のコントだった。青木ジャナイ'sのコントは「真面目にトップヤンキーを目指す強豪ヤンキー部」や「銀行強盗の免許を取得する教習所」、「やる気がなくて〝はじまりの村〟から出発しない勇者」があり、いずれも、「部活×ヤンキー」、「銀行強盗×教習所」「魔王退治の勇者×だらけたニート」と、本来なら交わらない世界線を上手に掛け合わせていて、とても面白かった。

今日は、はじめての生エンタメ。世界規模で有名なサーカス団体「バラエティサーモン」の大阪公演があったので2枚チケットを購入し、雄也と観にきていた。

「てか、空。あれ見た？　秀一くんたちのやつ」

「え、見てない。何？」

「見てみ。YouTube。底辺まとめ箱」

空が陰口飲み会を暴露されてから、できるだけ見ないようにしていたが、陰口飲み会暴露以降数字が右肩上がりだったのは知っていた。最新動画ではサムネイルにはっきりと秀一、蓮、美咲が映っていた。タイトルは「【顔出し】俺たちが本当にイケてるYouTuberになってやるよ」だった。

「うそ。顔出ししたの？」と言ってサムネイルをタップすると、秀一、蓮、美咲がシーシャバーでVlog風に動画を撮っていた。中身はほとんど、ただただ陽キャの飲み会を映していて、最後に「底辺YouTuber含め、トップYouTuberもさ。芋臭い奴らばっかだから、俺らがイケてる動画っての出してやることにしたよ。お前ら、チャンネル登録よろしくな」と秀一が言っていた。

コメント欄を確認すると、3人の顔面偏差値に対する賞賛のコメントで溢れている。

「かっこよすぎる」「マジでこれはイケメンと美女だわ」「美咲ちゃんめっちゃかわいい」

「散々馬鹿にされてきた底辺たち完全敗北で草」など。再生回数も既に30万を超えていて、まさかの、このままトップYouTuberになる勢いだ。

「うわ、マジか。こんな売れ方もあるねんな」

不思議と、悔しさや怒りはない。ただ、妙な違和感だけがあった。言語化はできないが、確かに、秀一たちのことを少しだけ心配している自分がいる。

「なぁこれ！　ほんまに合ってる？」

動画を見ながらゆっくり歩いていた空と違い、早足でかなり先を歩いていた雄也が、空に届くような声で言った。雄也が指を指しているところを見ると、どの建物も裏側で、とてもじゃないが入り口のような雰囲気には見えない。

「え⁉　マジ？」雄也のもとに小走りで近寄る。

「いや、もう少し行ったら小さい入り口とかないかな？」と言った空に被せるように「目的地に到着しました。案内を終了します」と、スマホのマップが音声を発した。

マップが指している場所はどうやらこの建物のようだ。

「裏やな。絶対に」

雄也は、言いながら引き返しはじめた。

「マジかごめん。この道や言うてたのにマップ」空は謝りながら、雄也についていく。

「まあ仕方ない。なんか、道に迷ってばっかやな。俺らのエンタメの道みたいに」また少し前を歩きながら言う雄也の横顔がチラッと見えたが、ドヤ顔だった。

「え？　迷ってばっか？　他なにあった？」

「いやほら、船渡さんの事務所の前とか」

「あれは間違えてなかったやん」

「でも迷ったやん。ここでいいんか？　ってなったやん」

「あーまあな」

「急ごうか。少し走ろう。走ってばっかやな。俺らの道」

チャップリンを見て以来、ずっとこの調子だ。ツッコミ待ちの態度が気に食わない。

「そやな。サーカス間に合わへんし。走ろか」

節約のために家から歩いて来たのでギリギリになってしまった。開演まであとすこし、走らないと間に合わない。

「近道なんてないからな、俺らの道には。走るしかねぇんだよ」

そう言った雄也の横に追いついた。想像よりも何倍もドヤ顔をしていた。そしてそろそろツッコんで欲しそうな目線を送ってきた。無視して左を見ると、行きは気づかなかった小さな抜け道を見つけた。

「あったわ。近道」

そのまま抜け道に入り、サーカス会場へと走った。

※

抜け道を出ると、人がわんさか溢れていた。歩道いっぱいにたくさんの人が歩く。

「いや、普通に考えたらそうよな。サーカスやのに俺らしかおらんとかないやろ」

「こんなギリギリでも多いねんな」

会場に着く。青色とオレンジが目立つ配色の、大きなテントが設営されていた。テントを見ただけで、心が躍る。そのまま中へ入ろうとすると「おい。空」と、雄也が服を引っ張って止めた。

「何?」

「見ろよ。中に入ろうとしてる人たち。みんなワクワクした顔してるな」

雄也のクサいセリフの数々にはうんざりしていた所だったが、これは良い。心に響いた。

「そやな。行こうか」

テントの中は広かった。中央の舞台を囲うように階段式に座席が組まれていて、舞台の上には様々な器具がぶら下がっている。席に座ると、こんなにも人が密集しているのに、広大さを感じた。空調が利いているのか、とても涼しい。秋の運動会と同じような空気感に、懐かしさまで覚えた。

ショーは圧巻だった。体操競技に、フラフープやボールを使った芸、バイクやライオンなどの命がけのショーもあり、そのひとつひとつが終わるたびに場内では拍手と歓声が上がった。この拍手と歓声が自分に向けられる日を想像して、ニヤけていた。ただ、雄也と空の印象に強く残ったのは、迫力のある芸ではなく、芸と芸の合間に出てくる謎の2人組。妖精のような姿をしている男女だった。

妖精は「ワー!」といった鳴き声しか発さずに会話をする。妖精が2人、並んで歩く。歩幅もリズムも綺麗に揃っていて気持ちが良い。前を歩く男の妖精がハンカチのようなものを落とすと、女の妖精のリズムが狂う。少し立ち止まり、ハンカチを見る。咄嗟に男の妖精の衣装の一部を掴むと、男の妖精は歩きのリズムを変えることなく進もうとするが、進まない。進まないことに異変を感じてキョロキョロしている姿に、場内で笑いが起きる。女の妖精が「ワー!」と呼びかけ、振り向かせる。男の妖精がハンカチに気づく。「ワー!」と感謝を伝え拾おうとすると、女の妖精が「ワワッ」と鳴いた。ジェスチャーで「私が拾うわ」といった意味だと読み取れる。そのまま女の妖精がハンカチを拾い上げ、ゴミなどの汚れを払う。男の妖精がさっきよりも声量のある「ワー！」で感謝を伝え、受け取ろうとした瞬間、女の妖精がハンカチで鼻水をかんだ。場内はテントごと揺れる笑いに包まれていた。それを当たり前のように男の妖精に返した所、さらには、あたかも良いことをしたような顔でまた笑いが起き、男の妖精が嫌そうな顔でポケットにゆっくり仕舞う間でも笑いが起きた。

その後も、合間、合間に出てきた妖精の2人組は笑いをとり続けた。特に、後ろの席に座っていた小学生の3人組は「うわぁ！　また出た！　ははは！」と、はっきり声に出して、狙いどころ全てで爆笑していた。

あとで調べると、このような2人組は「クラウン」というサーカスのお笑い担当の役割で、空や雄也もよく知る「ピエロ」と似ていた。迫力のあるショーを飽きさせない重要な役割を果たしていた。

ショーが終わる。フィナーレではメインパフォーマンスの空中ブランコで大いに盛り上がり、各パフォーマーが揃ってお辞儀をくれた。特にクラウンの2人の時は子供が大盛り上がりだった。場内にライトが照らされる。空と雄也はしばらく放心状態で、周りの人がほとんどいなくなるまで席に残っていた。

「あの妖精の2人、良かったな」

「そう！」空と注視していたポイントが揃っていたことを喜ぶように、雄也が返事をする。

「そうそう！　そうなのよ。なんかチャップリンとも似てたな」と、繰り返し頷く雄也。

「確かに。非言語か。動画でも、非言語にしたら日本人以外でも楽しんでもらえるかも」

「え？　天才やん。世界の全員を笑顔にする。俺らの夢そのものやん！　絶対、やるべき、やろ」

言いながら雄也は、空が顎を触り考え込んでいることに気づき、声のボリュームを落とした。

非言語、コメディ、世界配信、ネットならそれができる。実際に日本人でも世界に向けたリアクション動画を投稿しているクリエイターはいた。1分以内であるショート動画の拡散力と、世界の人口の多さもあり、再生回数と登録者数は異常なほど多かった。ただ反面、日本人にはあまりウケていないイメージも持っていた。

自分が思う面白いエンタメ。チャップリンや妖精コンビを真似て投稿したら、もしかしたら世界の人にも刺さるかもしれない。でもそれを、本当に面白いと思えるのだろうか。もっと、自分や、日本人にも笑ってほしい。世界に向けて、日本人の象徴。侍？　侍の師匠と、弟子。良いかもしれない。でもそれだと日本人は面白くない。かも。日本人には、もっとコント要素が欲しい。切り口を変える？　侍を、部活動にしてみる。〝侍部〟。「もし、江戸に部活があったなら」架空コント。面白いかもしれない。となると、面白い指導者？　監督のような奴が必要。ユーモアがあって、容姿からして監督っぽい感じの。そう思い横を見ると、間抜けな髭面で、場内を見渡している雄也がいた。いるじゃないか。思いっきりここに。長時間熟考しても降りてこなかったアイディアの断片は、ＤＶＤショップのお笑いレトロコーナーと、ＹｏｕＴｕｂｅの「芸人　コント」の検索画面、十手の長い方みたいな道に入り口がある大きなテント内。そして、常に横にいる相方にあった。新しいエンターテインメントが、急速に姿を現そうとしていた。

※

「空、ほんまにええんか？」

チョンマゲのカツラを被り、伸びた上髭を勾玉《まがたま》の細い方を上に向けたような形に整えたなまず髭をした雄也が言った。

「まあ、その感じやと、心配なるのは分かるけど、大丈夫や」

「その感じやと」の部分で、雄也の頭から髭までを冷めた目でなめるように見る。

「いや俺の見た目の話してないねん。それ言うならお前も大概やろ」

空も、チョンマゲカツラを被っていた。確かに、側《はた》から見たらとんでも無く「ほんまにええんか？」である。

「爺ちゃんの花火や！　今日やろ？　今から帰ったらギリギリ間に合うんちゃうか」

「あー、いい言うてるやろ」

「最後なんやったら別にちょっとくらい休んでもええやろ」

「いや、ええねん。次の脚本も考えたいし。ほんで前も言うたけど、もう充分観たからな。爺ちゃんの花火は」

　空と雄也は「侍部の顧問と部員」のコント風ショート動画を先週から投稿していた。はじめの3本は、出したもののびっくりするほど反応がなかった。すぐに残りの撮り終えた動画をボツにして再撮影。テイストを変えて「侍部の顧問とサボり部員」にした所、少し数字が伸びた。4本目に出した「顧問が激怒している後ろでサボり部員が刀で眉毛を整える」というショート動画は再生回数が7万回を突破した。

　動画はまず、雄也演じる侍部の顧問が画面前で刀の素振りを見せる。後ろで空演じるサボり部員がダラダラと素振りをする。顧問の「ほい！」という掛け声に合わせて刀を振る。全体の締まりが悪いので「ダメだ、ダメだ」といった雰囲気で顧問が怒り出すと、後ろでサボり部員はあくびをして、刀で眉毛を整える。顧問はそれを見つけ激怒するも、部員の眉毛がイカしていることに気づき自身の眉毛も整えるように要求。部員が顧問の眉毛を刀で剃っている時に顧問が嬉しくて「ほいっ」と言うと、身体が反応して部員は刀を振ってしまう。顧問の眉毛が全部剃られてしまった。という動画だった。

コメント欄では「なんかおもろい」「好きかも」「これで笑える奴羨ましいわ」など、まずまずの好反応だった。〝サボり部員〟に道を見出《みいだ》した空は急いで脚本を修正、量産した。「侍部の練習中にトイレでサボる動画」では、個室トイレの中に誰も入っていないのに前で待っているフリをしてサボることで、2人分の便時間をサボる。しめしめと思っていたサボり部員の後ろにお腹を押さえた顧問が並んでしまい、バレて激怒されるというものだ。他の動画でも空が日雇いバイトで培ったサボりスキルを脚本に込めた。「部員の侍なかなかの天才で草」などの評価を受けた。

顧問に仕返しをするシリーズも作った。顧問からの特訓に腹を立てた部員が、顧問への差し入れのチューブ型ゼリー飲料にワサビを仕込む。新品特有のキャップを開ける時のピキピキした音を残すために、キャップは開けずに、容器の下の方にカッターナイフで切り口を作り、そこからワサビを入れた。「部員の侍、仕返しスキルも100点で草」とコメントが届いた。また、顧問のリアクションにはいつも拘《こだわ》りを入れた。ワサビも、眉毛を剃られた時も、部員のサボりに気づく時も、すぐには気づかずにあえて泳がせた。しばらく普通の会話や行動をしてから、急激に思い出すようにリアクションを取ることで「毎回、ちょっと反応遅れるの好き」と言ったコメントが増えていた。それでも、圧倒的に多かったコメントは「動画出し過ぎで草」だった。

空と雄也は1週間で合計40本のショート動画を投稿していた。サボり動画に道を見出してからは、ひたすら動画を作った。数字的にそれが良いのか悪いのかは分からないが、今できる全力を出したかった。40本中5本は100万再生を超え、平均でも20万再生ほどの、ショート動画としてはそこそこ話題のクリエイターになっていた。3年間、微動だにしなかった2人の人生は、わずか1週間で急変化をはじめていた。

「まあ、空がええなら何も言わんけど」

そう言って雄也は、スマホで今日撮った動画の確認を行っていた。

空には今日の動画に自信があった。コメント欄の傾向から「侍サボり部員が顧問にバレるネタ」と「侍部の顧問に酷い仕打ちが待つネタ」の2つに強烈な引きがあると気付いた。なので「侍の練習中に抜け出して遊びに行ったら顧問と遭遇する」という不運なネタと、「雨宿りしている時に顧問も小屋に来たけど、鍵を閉めて中に入れない」というネタを考えた。ネタを考えるのに夢中で最近はあまり寝られていないが、空は楽しくて仕方なかった。3年もの間、通用しなかった自分の思う〝面白い〟がやっと世間に通じはじめている。

自分が机の上で考えたエンタメを一緒に、世界のどこかにいる誰かと共有できることが嬉しくてたまらなかった。

「うし。完璧やな」

動画チェックを終えた雄也が声を張る。

「そやな。あとは英語字幕つけてるバージョンも海外で伸びてくれたら一気に変わるねんけどな」

別のアカウントで「海外バージョン」の動画も投稿していた。こちらは日本版と違って、まだ数字がぴくりとも伸びない。

「まあ、面白いはずやし、焦らず行こうや。……なあ、空」

「ん？」

「今日さ、生配信しようぜ」

「急やな。なんで」

「だって、今の空にとって爺ちゃんは、同業者やろ？　爺ちゃんが花火でたくさんの人を笑顔にしてる今日やからこそ、空も頑張るべきやと思う」

「爺ちゃんはライバルだから、負けられへんやろ」と言わない所が、雄也らしくて、空が雄也を好きな理由であった。どこまで行っても、空と雄也にとってエンターテイナーたちは仲間なのである。

例えば、災害が起きて、学校の体育館で何日も生活しないといけなくなる。避難者たちは疲弊してきて、暗い気持ちが心に差す。そんな時、まだ元気な1人の青年が、炊き出しや備品を配る時のアナウンスを率先して行う。自らマイクを持って、「次、○○丁目のみなさん並んでくださいー」と声を張る。ときどき、「○○さん！　いつも先頭ですやん！心配せんでも均等に配りますよ！」と言って、先頭のお爺さんをイジる。底抜けに明るいキャラクターだから、お爺さんも怒ることができず、頭を掻いて照れ笑いをする。みんなが少し笑顔になる。だんだんと、青年のマイクパフォーマンスがみんなの楽しみに変わる。すると陽気なおじさんが青年に向かって「おい！　もうなんか、歌でも歌ってしまえよ！」と無茶振りを叫ぶ。歌が苦手だった青年が困った顔をすると、1人の女の子が手を挙げて「歌、得意です」と言う。みんなの手拍子のもと、歌を歌う。今度は太鼓を叩けるダンディなおじさんが、体育館の舞台を手で弾《はじ》いてリズムを取ってあげる。この時の、マイクパフォーマンスの青年は、きっと女の子と太鼓のおじさんを応援するだろう。エンターテイナーの気持ちはいつだって「みんなが笑顔になればいいな」なのだ。

「いいね。やろうか。花火19時からやから、19時で」

「おう！　空の爺ちゃんの花火で取りこぼした笑顔は、俺らが作るぞ」

嬉しそうに雄也は笑う。その笑顔を見ると、不意に眠くなってきた。空があくびをして、雄也が「寝とけ。19時前に起こしてやるから」と言った。

空は眠りについた。最近はネタのことばかり考えていて、夢でも侍部が出てきていたが、この日は久々に、昔のことを思い出すように夢で見ていた。

※

中学2年の夏。猛暑日だった。とにかく暑い。学校近くにある市民プールの帰り道、できるだけ日陰の上を辿《たど》るように歩く。プール終わりにシャワーで流したはずの汗は、気がつくと着替えのTシャツもびしょ濡れにしていた。

「正直、豊のおかげやわ。ありがとう言うといてな」

そう言って空の肩にポンと手を置いたのは、空と小学校から同級で仲が良い、クラスメイトの柴田浩輔だ。去年の花火大会の日に、片想いしていた同じクラスの本城《ほんじょう》朱莉《しゅり》に告白して見事に成功した。そしてつい2日前に、ようやくファーストキスを済ませたようだ。暑さをものともしない幸せな笑顔だ。

「人の爺ちゃん呼び捨てすな」

笑いながら肩に置かれた手を退《ど》ける。

「でも今思い出してもほんま綺麗やったわー！　豊の花火！　朱莉もめっちゃ綺麗言うてた！　ありがとう言うといてな」

「おーおー。それは言うといたる」

照れながら、空が答える。

花火大会の花火は、空の爺ちゃんが打ち上げる。毎年町の9月の祭りの日には爺ちゃんの打ち上げる花火を、町の全員が楽しみにしていた。小さい頃から空にとっても、爺ちゃんが活躍する花火大会は毎年の楽しみだった。爺ちゃんは間違いなく、この町一番のエンターテイナーだ。

「でもさー、豊って相変わらず写真と動画撮影にだけうるさいよな。今どきみんな動画撮りたいのにさ」

「そうやな」

爺ちゃんはなぜか、花火の写真や動画を撮ることを嫌った。理由は空にも分からないし、聞いても答えてくれない。町の人が聞いても、頑なに「撮らんでええ」と言うだけだった。

「まあ俺こっそり撮ったけど」

浩輔はそう言って携帯電話をチラつかせる。

「マジ⁉　見せてや！」

「いいよー。てか、送ったるわ。あ、でもなんか俺携帯壊れてて、音無しやねん」

「なんでやねん」と言いながら、携帯電話の赤外線通信機能で花火の動画を受け取る。

「ありがとう。ほな！　朱莉によろしく！」

「おいボケ！　呼び捨てすんなぁ！」

散々人の爺ちゃんを呼び捨てにしておいて、浩輔が2～3歩追いかけながら叫んだ。空は逃げるように加速しながら、浩輔に手を振った。

帰宅すると、リビングの奥から母親が迎えに出てきた。

「ちょっと何アンタ汗だくやんか！　ジュース飲んでシャワー浴び！　あかんわ今コーラないんちゃうか。麦茶飲んでシャワー浴び！」リビングでは爺ちゃんが何やら仕事で使う資料を広げて腕を組んでいた。顎を触っている。真剣な仕事をしているので、今は話しかけない方が良いと悟った。急かされるように麦茶を飲み、脱衣所に入り、そのままシャワーを浴びる。下着の用意は忘れていたが、浴び終えて脱衣所に出ると母親が用意してくれていた。パンツだけ穿いてリビングに出る。爺ちゃんは仕事資料の確認を終えたのか、テーブルでお茶を飲んでいた。

「爺ちゃん。浩輔がさ」

話しかけると、「んー？」と首をこちらに向ける。

「浩輔が、去年の花火の時に女子に告白して付き合えたから爺ちゃんにお礼言っといてくれって言うてたよ」

「はは。そうか、良かったな」

嬉しそうに笑い、再び顔を戻す。

「今年も彼女と観にこいよって伝えてくれ」

「うん。分かった。あと、付き合った記念日だから今年は花火で写真撮りたいって言ってたよ」

我ながら良い作戦だ。写真を撮ったらいけない理由は小さい頃に何度も尋ねたので、今更普通に聞くことはできない。

「撮らなくても良いだろう」

すぐに返事がきた。これ以上は聞くことができないので、「分かった」と言って、Tシャツと短パンを着る。冷蔵庫から麦茶を取り出し、氷を入れたグラスに注いだ。

「空」

「なに？」

「どうなんだ？　サッカーは」

空は中学のサッカー部に所属していた。中学からサッカーをはじめた空と違って、他の部員たちは小学生の頃からサッカーをしている生徒が多い。そこそこ強い部活だった。空はそれも分かった上で入部したので、そもそもレギュラーになれるとは思っていない。

「うん。まあぼちぼち」

「ぼちぼちやったらいかんがな。今レギュラーやないんやから」

「分かってるって」

「やっとるんか。陸上部のメニューは」

「うん」と、爺ちゃんの顔の方を見ずに答えて2階の部屋に上がった。

サッカー未経験でそこそこ強豪のサッカー部に入った空のために、爺ちゃんは陸上部の練習に張り付いてコーチが大きな声で言っているアドバイスを盗み聞きし、練習メニューをメモにまとめ、空に渡した。「所属は無理でも自主練でこれをやれば、足速くなるぞ」と言う爺ちゃんの優しさは、空にとっては偉大すぎた。陸上部の友達からも「空の爺ちゃんがずっといるから笑った」などと小馬鹿にされて、空は爺ちゃんに内緒でメモをくしゃくしゃに丸めて捨てていたのだ。

爺ちゃんのことで友達が笑うのが、空にはとてつもなく恥ずかしかったのだ。しかし、さらに恥ずかしい事件が起きてしまった。この年の花火大会は雨天中止となった。予備日まで雨になるのは、空が物心ついてからはじめてのことで、「今年はないのか」と思っていた。すると爺ちゃんは「今年も100キロマラソンをする」と言い出し、地元を一日中走り回った。若い花火職人は「もう歳なのでやめましょう」と止めたが、爺ちゃんは聞かなかった。

どうやら昔から、雨天中止になった年はなぜか100キロマラソンをするらしい。町中走り回って、手を振っていた。当然友人たちの話題の的になった。「どうやら空の爺ちゃんが雨の中走り回ってるぞ」と大盛り上がりして、浩輔からも「めちゃくちゃ爆笑した記念日になったわ」と笑いながらお礼を言われた。空はその日から1週間ほど、爺ちゃんの顔すら見なかった。

※

「空。もうすぐ19時や」

雄也に起こされて目が覚めた。

「んぁ、え、どんくらい寝てた？」

「すぐ寝てたから3時間半くらい？」

「まじか。なんか7時間くらい寝たみたいにスッキリしてる」

「おぉ～ラッキーやんけ。そういう時は夢とかも見ないって言うよな」

「めちゃくちゃ見たけどな」

「めちゃくちゃ見たんかい」

雄也はパソコンを操作しながら、話していた。生配信の準備をしてくれているのだろう。

「夢ってかなんか、昔の夢やったわ」

「どんな?」

「爺ちゃん」

「ほんまかいなお前。カッコつけてるやろ」

「ほんまやって。中学の頃な」

「ふーん」

「なんか、今思い出すとさ」

「うん」

パソコン操作の手を止めて、雄也は空の方を見ていた。

「昔からずっと、爺ちゃんは俺のこと応援してくれてたんよな。ガキの頃の夢も、中学の頃のサッカーも、大学進学の時についた嘘の夢も、爺ちゃんはずっと本気で信じてくれてた。やのに俺は全部中途半端で、本気になれんくてさ。やっと本気になったYouTubeだけ、まだ応援してもらえてないって。情けない」

言いながら「やっぱりカッコつけてるやんけ」と言われるかと思ったが、雄也は優しく微笑んで「こっからやろ」と囁いた。

「そやな。YouTube、爺ちゃんに応援してほしいわ」

「うん。頑張ろ。顔洗っておいで」

「おう。10万人！　YouTubeの登録者10万人突破したら、爺ちゃんに会いに行くわ。喧嘩のことも謝る」

「10万人とか、3か月で行くやろ」

「おう」

19時になり、生配信を行った。侍部の調子が良いおかげで同時接続は900人を突破した。爺ちゃんの花火大会に比べると、まだまだヒヨッコな数字だが、いつか同じくらいの人を盛り上げられるエンターテイナーになりたいと誓った。

登録者10万人で爺ちゃんに会いに行くという目標は、叶わなかった。翌月、爺ちゃんの病状は悪化し、この世を去った。

5

「お前何やったらできんねん！　いらんねんお前みたいに仕事舐めてるやつ！」

大阪市内のオフィス街にある綺麗なビルの9階会議室に怒号が響き渡る。

足を組んで座りながら叫んだ正社員風の男の声に、雄也が体をビクッと動かしていた瞬間、空は今日の仕事の〝成功〟を確信していた。

今日は朝早くに元々あった企業との打ち合わせを利用して、空が雄也にドッキリを仕掛けていた。社長だと思っていた偉そうなおじさんが実は平社員で、年下の上司に説教をされているというもの。しかもこのおじさんのハゲ頭には、つい先ほど雄也が頼まれて自身のサインを書いたので、おじさんが上司に「申し訳ございませんでした！」と頭を下げるたびに雄也のサインが見えて、雄也は下を向いて笑いを堪えていた。さっきまで偉そうにしていたおじさんの情けないギャップが絶妙に面白かった。空はそれを隠しカメラ越しでモニタリングしながら爆笑していた。

結果は大成功だった。雄也がついに「ぶふ」と声を出して、怪しまれないように笑顔で「まあ、まあ、まあ」と説教を止めに入っていた。その後、空が部屋に突撃してネタバラシ。驚きを見せた雄也の第一声は「え、じゃあサイン書いたのも嘘？」だった。

撮影は終わり、役者が演じていた上司役と平社員役が退出してから、本当の社員が入室した。この後は、打ち合わせである。社員は名刺を取り出し、空と雄也に渡す。「新田《にった》」と名乗った。

「いやー、もうさすがでしたね。隣の部屋にいるだけで笑いが止まりませんでしたよ」と、通常の人の1・5倍増しの量で笑いながら話しはじめる新田。

「弊社〝弐松《にまつ》〟は、広告代理店として、様々な企業さんの広告サポートを行っております。そして今回は、ぜひ『空に雄也』のお2人に案件動画を作っていただきたいという企業が、えー、合計4社ございました」

手渡された資料を見ると、聞いたことのある企業名が4社並んでいた。案件費用は一番高い企業で250万円だ。

「250万円、凄いですね」と空が言うと「いやいや、もうお2人の拡散力で言うと安いくらいだと思います」と、またも1・5倍増しの笑顔で新田は応えた。

資料をめくると、案件動画の仮台本が記されていた。動画の中で、商品PRの台本を読まないといけないらしい。

「あのこれ、台本そのままじゃないとダメですか？　面白い動画には絶対したいので、僕が考えたいです。もちろんお受けする場合は企業のPRに繋がるような動画を作りますし」

「あ、もちろんです！　あくまで仮ですので、そこはお2人のプロフェッショナルにお任せいたします。ははは！」と笑った。ここでも1・5倍増しで笑うと「プロフェッショナル」を馬鹿にしてるみたいに聞こえるぞ、と思った。終始一貫して過剰に上機嫌な雰囲気のまま、打ち合わせは終了した。すぐに現場を撤収し、タクシーに乗り込む。

「新大阪駅までお願いします」と運転手に伝え、スマホで再生回数や動画コメントを確認する。

侍の動画を投稿してからもうすぐ1年になり、空と雄也は髪の毛も黒く染めていた。

今、空たちは合計3つのYouTubeチャンネルを運営している。

1つ目の〝日本の侍の師匠とだらけた弟子〟の海外向けアカウントは、大きくはバズらなかった。登録者数は4万人程度で停滞、言葉がないのに複雑な構成をしているせいで、理解できない視聴者が多いのかもしれない。他の海外でウケているYouTuberを見ると、もっとシンプルなリアクション芸のような動画がほとんどだった。

2つ目の〝侍を部活にする〟テイストの日本向けアカウントもあまり刺さりきらなかった。無声なのも「見ていて飽きてくる」みたいで、投稿後3か月程度で登録者数6万人でピタリと停滞。そこで思い切った空が「チャンネルを変えよう」と提案をして、日本向けのチャンネルは侍を脱却。「サッカー部のサボり部員とコーチ」に変更した。侍部の顧問をやっていたのとほぼ同じキャラで雄也がサッカー部のコーチを演じ、サボり部員を空が演じた。非言語も止《や》めて、セリフ付きでの芝居ネタを制作した。元サッカー部経験者なら分かる共感ネタも盛り込み、多少増えた収益を使って本格的な部室も再現。このリアリティある動画がウケて日本でヒットし、現在の登録者数は30万人を超える。

半年ほど前からは〝第3のチャンネル〟を始動した。コント系の動画ではなく、空と雄也がそのまま出演するバラエティ系。こちらは侍ネタをやる前に2人が動画投稿していた「空に雄也」のチャンネルをそのまま使い、雄也の天然っぷりを活かした企画を盛り込んだ。サッカー部チャンネルである程度の認知度があったこともあり、このアカウントが急成長。わずか半年で登録者20万人突破の人気YouTubeチャンネルになった。昨日公開した動画「バカが東大ガチ入試問題解けないと部屋から出られない脱出ゲーム」は既に25万再生突破、トレンド48位にランクインしている。

雄也を1ルームのとある部屋に閉じ込める。中にはトイレもあり、定期的に食事が届くシステム。部屋は四方が本棚に囲まれ、大量の参考書が並べてあった。真ん中の小さな机には1問だけ、過去の東大入試に出た問題が置かれている。これを、参考書を漁りまくって正解するまで部屋から出られないという企画だ。結果は3日目にほぼ同じ問題を参考書から見つけ、4日目に正解を出すことができた。動画では雄也の天然っぷりが炸裂。「数学が何か分かった」「=ってほんまに絶対とは限らんよな」などの秀逸な発言を残した。特に注目を浴びたのは3日目にボソリと「円周率……4にしてまえ……」と囁いた雄也。これに対し、コメント欄は「本当の天才」「おい世界変えようとしてるぞ」「覚醒前夜」「こいつ俺らでは理解できない領域まで来ている……!」など、逆に雄也のことを天才だとイジる視聴者たちで賑わっていた。

タクシーが走り出してから5分が経った頃、雄也が口を開いた。

「空、10月のスケジュール。いいの?」

「え?」

「ほら、ロッキマグとの大型コラボ」

〝ロッキマグ〟は空と雄也より若い男性4人組YouTuberで、登録者数は200万人を超えている。〝アーネストモンキー〟、〝日ノ亞《ひあ》〟と一緒に「3大若手YouTuber」と言われている今をときめく人気チャンネルだ。ここでロッキマグとのコラボが上手く行けば、空と雄也も一気に名を上げることができる。

「10月7〜14日って。9日爺ちゃんの命日やろ。法事あるんちゃう」

「うん。まあ仕方ないよ仕事やし。母さんにも行けへんって伝えたから」

「そうか」

一応、ロッキマグにはスケジュールの変更ができないか確認したが、結局調整できなかった。ふと、窓から空を見上げようとしたが、曇り空しか見えなかった。

スマホにメッセージが届く。

「アンバサダーの件、会議で押したけど第一候補はアーネストモンキーになりそう。まだ時間あるから頑張ってほしい」

メッセージは、東京で知り合った「藤峰《ふじみね》さん」という男性からだった。藤峰さんは〝dドア〟と言うエンターテインメント会社の社員さんで、空と雄也に目をかけてくれていた。dドアの新企画で「架空プラネタリウムエンターテインメント」という、フィクションの星座や流星群を流して架空の宇宙を魅せるプラネタリウム施設があるらしく、それのアンバサダーに「空に雄也」を強く押してくれている。「宇宙に花火を打ち上げたい」と言う空の夢を知った上で「夢の一歩になると思う。いずれは流星群を実際に流すことも考えている」と言ってくれた。空ももちろん前のめりで「よろしくお願いします」と答えたが、人気若手ＹｏｕＴｕｂｅｒの「アーネストモンキー」か、「空に雄也」の2択で社内会議にかけられているらしい。海外向けのチャンネルをいくら伸ばしても日本のアンバサダーには引っかかりづらいらしく、最近は海外向け侍チャンネルの投稿本数を極端に減らして『空に雄也』と『サッカー部ｃｈ』の投稿に注力していた。

メッセージは、藤峰さんと雄也と空のトークルームに送られて来たので、雄也も確認した後、悔しそうな顔を空に見せる。

「勢いはこっちにあるはずや。残りの期間で追い抜こう」と言ってくれた。

運転手さんに「あと何分くらいですか？」と聞くと「15分はかかります」と返ってきたので、ウェブ掲載のインタビュー内容を文章で打ち込むことにした。インタビューと言うと、インタビュアーとの対談形式が多いと思っていたが、意外と一問一答を文章で答える形式が多い。「子供の頃の夢」「目標」「相方の好きなところ」など、スムーズに回答していく。

「もし、自分にキャッチコピーをつけるとしたら？」という質問で悩んだ。

雄也に「これなんて答えた？」と聞くと「世界一のお調子者」とドヤ顔で言われた。

空はイマイチしっくり来る答えが見つからなかったのと、返答期間にはかなり余裕があったので、まだ空欄にしておいた。

新大阪駅に着いた。タクシーを降りると、たまたま近くにいた大学生5人組が「空に雄也っすよね！」と声をかけてくれて、記念撮影をした。外出するたび毎度ではないが、街で声をかけてくれる人も増えた。大学生に手を振った後、空はカバンにかけていたキャップを被り、新幹線のホームまで歩いた。またメッセージが来る。藤峰さんから「俺は君たちの方が面白いと思っている。頑張ろう」ときていて「はい！　ありがとうございます！」と返信した。「架空プラネタリウム」。空を見上げると、全員がエンタメを見られる世界の、本当に一歩目のような企画。確実にものにしたい。今から東京に行き、同じ世代の男女コンビYouTuberと企画撮影だ。終えるとすぐに大阪に戻ってこないといけないので、新幹線の移動中に明日以降の脚本をまとめ上げる必要がある。多忙だが、夢に向かって進めていることに、安心していた。新幹線に乗り、席に座る。雄也は違う車両のチケットを取った。隣はまだ空いているので、手持ちのカバンを足元に置かせてもらう。すぐにノートパソコンを開いて「サッカー部ch―脚本―」のフォルダを開いた。イヤホンをつけようとしたときに、前の方から子供の声がした。なにやら泣き喚いていて、母親に駄々をこねている。子供と母親は空の1つ前の席に座った。「やだ！　お願い。帰ったらちゃんとするから」と泣きながら訴える子供に、「ダメです。約束守らなかったのレオでしょ？宿題終わらないとYouTube見れません」

「いやだいやだ。侍の師匠のやつ、見たい」子供は啜《すす》り泣きながら、叫んでいた。

空は子供に声をかけようかと少しだけ考え、パソコンに目を戻した。脚本を仕上げないといけない。イヤホンで子供の泣き声をシャットアウトして、キャップを深く被り直した。

東京までの間、ネタ作りに励んだ。

※

「大盛りでいい？」

「うん。ありがとう」

有料の食事配送サービスで1つ900円の大盛りカルビ丼を雄也のと合わせて2個注文し、新大阪駅からタクシーで25分の距離にある空の自宅に向かっていた。

自宅に到着し、カード支払いを終える。学生時代から住んでいるアパートの部屋に入った。ここ1年で、それまでの収入とは比べ物にならないほどのお金が入った。3つ目のチャンネル〝空に雄也〟の平均再生回数30万回、週4本投稿だけでもチャンネル月収は300万円を超えた。3チャンネルとも合わせると、正直かなりのお金持ちだと思う。

ただ、広い家には興味がないのと、仕事漬けの毎日なので引っ越し作業をする余裕がなかった。

部屋に入るとすぐに雄也は椅子に腰掛け、編集作業を続ける。男女コンビYouTuberとのコラボは手応えがあった。

かなり引きのある動画になっていただろうし、何より撮影中にコラボ相手を圧倒できた。自分たちの方が面白かった自信がある。このままロッキマグとのコラボでも面白さで負けないことを証明できれば、架空プラネタリウムのアンバサダーも本格的に見えてくるだろう。

カルビ丼が届くまで、おそらくあと10分はある。こういう中途半端な時間が空は嫌いだった。ネタを作るには短すぎるが、だらだら過ごすにしてはまだ体力が残っているので勿体無く感じる。ソファに腰掛け、溜まっていた連絡に返信することにした。

仕事の連絡は基本的に通知をオンにしているのですぐに返すが、友達などからの連絡は後回しにしてしまう。再生回数が増えて、昔の友人たちから「飲みに行こう」という連絡がかなり増えた。気持ちは嬉しいが、そんな時間を作る余裕はなかった。メッセージ欄をスクロールする。

「え？　絵梨花から連絡来てる」

「ん？　絵梨花？」

そう言えば、雄也は絵梨花のことをあまり知らない。学生時代に空が、個人的にはいい感じかな？　という所まで仲良くなった可愛い女の子だ。最後はYouTuberになったことを他のメンバーと一緒に馬鹿にされて、あっけなく終わったことを思い出す。

「空〜！　久しぶりっ！！！　なんか、職場の人が好きなYouTuberおるねん！　って言うから聞いたら空やってびっくりした！（笑）　頑張ってるねんな〜。応援してるで。忙しいと思うけど、また時間あったらご飯でも行こうね。あ、もう彼女おるか！　おらんかったら、嬉しい！（笑）」

なんだこれは。あんなに馬鹿にしたくせに。今更数字が上がったからと言って白々しく連絡してきやがって。とかいう気持ちは微塵も残らず消し飛ぶくらいに、めちゃめちゃ嬉しかった。それでも、嬉しい気持ちを噛み殺し「ありがとう！　まじで？　ありがたいわー！　ありがとうございますって言うといて！　ご飯な！　行きたいけどしばらく時間難しそうやわ。また、行けるとき、みんなで行こう」と返した。

美咲からもメッセージが来ていた。

「空久しぶり〜！　時間あるとき、電話良いかな……」

「今一瞬ならいける！」と返すと、すぐに美咲から着信があった。

「もしもし」

「もしもし〜。ごめん空！　忙しい時に」

「全然。どうしたん？」

「いや、秀一と蓮とさ〜、上手く行ってなくてＹｏｕＴｕｂｅ。やばい最近。もうやめたい〜」

「あれ？　そうなん？　ついこの前10万人突破してなかったっけ」

と答えながら、ＹｏｕＴｕｂｅで底辺まとめ箱のチャンネルを検索する。

チャンネル名は「ｋｉｒａｍｅｋｉ」に替わっていた。思わず「だっせ」と言いそうになった。

「いやそれ半年以上前やからっ！」

チャンネルを見ると、登録者数は11万人を超えていたが、最近の再生回数は1万回に満たない動画すらあった。コメント欄も「美男美女だけど企画と笑いのセンスが皆無なんだよな」「散々過去に馬鹿にしてきた底辺に自らなっててワロタ」「チャンネル名替えた時にこいつらセンスないなと思った」「底辺をまとめるという企画までは良かったけど、そこから演者としての欲が出たね。みんな興味ないって」などの批判的コメントで溢れていた。

最後のコメントは、去年、秀一たちが顔出しした時に空が感じた違和感を言語化しているようだ。「みんなが見たいモノ」から「自分たちがやりたいコト」への切り替えで失敗する配信者は少なくない。

「もしもし～空？」

「あー、ごめん。チャンネル見てた」

「もうやばいやろ～。2人に無理やり出演させられたのにさ、今は2人とも喧嘩ばっかやし、やめたい～」

「嘘つけ。どうせ最初の方に可愛い、可愛い言われて喜んでただろ」とはもちろん言わない。

「ちょっと収益上がったときにさ～、秀一も蓮も仕事辞めたから、お金もやばくて。借金とかもあるねん」

「そうなんや。大変な時期やな」

「うん。ほんでさ、空と雄也の方に私行けへんかな？」

行けへんかな？　どういう意味だ。

「どういう意味？」

「だからさ、新メンバーみたいな」

こいつやばい女だ。直感で分かった。いや、これだけ長い付き合いで今分かったということは、俺の直感センサーは鈍いのだろう。

「いやいや、それはさすがに。ごめん」

「え〜そっかー。じゃあコラボできひん？」

「コラボか……。」

昔の友人にこんなこと思いたくないが、正直秀一も蓮も、美咲も、面白いと思ったことはない。

「コラボはスケジュール的に今は厳しいけど、考えとくな。ごめんな」

「うんっ。ありがとう！　またご飯行こうね空」

「はい〜」と言って、電話を切る。

雄也が「コラボ依頼？　だれ？」と編集作業をしながら聞いてきて「秀一たち」と答えると、徐々に音量を落としていく「あー」を雄也は発していた。きっと雄也も、面白いとは思っていないのだろう。

カルビ丼がもうすぐ届くかな？　と思い、到着時刻をスマホで確認しようとすると、見たくない現実が画面に表示された。

「うわっ！　最悪や！」

「なに？」

「ほんまにごめん。注文完了押すの忘れてた」

「うおっ、まじか！」雄也は笑っている。

カルビ丼は注文から配送まで40分ほどかかる。

「どうする？　もう腹限界よな」

「うん。コンビニ行くか」

「そうしよ。ごめん」

2人でアパートを出て鍵をかける。もう一度スマホを見ると、今度は母親から連絡が来ていた。

「おばちゃん。今最寄駅着いたらしいわ。家行くと思う。おる？」

「えぇ？」と声が漏れる。

2日前に、母親から「駄菓子屋のおばちゃんが空の家の方に行くらしいから、空の住所教えてって言われたから教えといたよ」とメッセージが来ていた。会いに来てくれるのは嬉しいが、おもてなしをする余裕はあまりない。

「急やな。来る時言ってって、言うたやん。タクシーで来るよな？」と返すと「お母さんも知らんかった。分からん。聞くわ」に、汗の絵文字がついていた。

階段を降りると、下で雄也が大学生たちに囲まれていた。大学生たちは空の方を見て「うわ！　空もおる！」「あ、空さん！　いつも見てます！」「写真いいっすか？」と元気よく声をかけてくれる。空が「ありがとう。写真は、近所やからごめんな」と答えると、「あ、そうっすよね！　全然です！　応援してます」と、対応してくれた。

男子学生の1人が空の目をジッと見つめている。「どうした?」と聞くと、「自分。夢を追いかけるか迷ってて、やっぱ、夢って追いかけた方がいいっすよね」

咄嗟に言われたことに、空は一瞬、言葉が出なかった。少し間が空いて「なんの夢か言わな答えれへんやろ！」と、友人がツッコんで、学生たちは笑っていた。空も合わせるように笑って、「がんばれ」と言った。大学生たちが少し離れたくらいで逆方向のコンビニ側を向く。雄也に「なんか地元のおばちゃんが来るみたいでさ、タクシーで多分来るから俺待っとくわ。先行ってて」と声をかけた。この前帰省した時には駄菓子屋に手すりやスロープのバリアフリー設備があった。おそらく足腰を悪くしていると思うので、着く前に連絡を入れて欲しかった。雄也が「あー、分かった」と答え、コンビニ側を振り向いた時、雄也の後頭部越しに、信じられない光景が目に飛び込んできた。

空が中学のサッカー部に入部した頃、爺ちゃんが陸上部との兼部を勧めてくれた。結局兼部は規則的に難しかったのだが、爺ちゃんは陸上部の練習に張り付いて、練習メニューやアドバイス、走り方のフォームを盗んで来てくれた。その時に爺ちゃんに言われた「これが陸上部の走り方や」というフォームそのもの。手の角度や、足の上げ方が、短距離選手のそれにしか見えないフォームで、駄菓子屋のおばちゃんがこちらに向かって爆走していた。その顔は、見たことないくらいに鬼気迫っていた。「え？」と声を出すと、おばちゃんはもうすぐそこまで来ていて、「おばちゃん⁉ なにしてんの！ 足腰悪くな……」と言い終える前に、空の目の前に到達し、フォームと同じ一連の動作かのようにスムーズな流れで右手を大きく引いた。右手は勢いよくスイングを披露し、空の左頬を「バチン！」と弾いた。

しばらく、思考が止まる。奥歯とこめかみに激痛が走った。

「え、なに？」と、後ろの方でさっきの大学生たちが足をとめたのが分かる。

ビンタだ。これは間違いなくビンタである。理解が追いつかない空に、落ち着く余裕など与える気もないように、鬼の顔のおばちゃんは声を張り上げた。

「アンタ何してんの！！！ 馬鹿タレ！ お母さんから聞いたよ、法事も来ないって！年末年始も帰ってこずに、どない考えてんのか、言うてみい！」

「あっ、怒られるのか」と思った。自分がやった行動が、怒られる行動という自覚すらなかった。と言うか、判断する時間すら設けていなかった。

「空ちゃん。空ちゃんもね、辛いやろうからおばちゃん言わんように言わんようにしてたけどもう流石に限界よ。お母さんが今一番、寂しい思いしてるって空ちゃん分かってるでしょ！」

爺ちゃんが亡くなってから、帰省したのは葬式の一度だけだった。母親とはあまり会話ができなかった。

「なにが仕事や！　なにが夢や！　月に1本電話くらいできるでしょ！　数か月に1回くらい、お母さんが辛い時期の今くらい帰って来れるでしょ！　夢を理由に現実から逃げるな！」

後ろの大学生に向けて、雄也が「あ、知り合いのお婆《ばあ》ちゃんなんで大丈夫です。気にしないでね」と声をかけた。

バチン！

「まだお婆ちゃんやない！　おばちゃんや！」

2発目のビンタが空の左頬を弾く。今のは雄也だよ。おばちゃん。

「いつからそんなしょうもない子になったん？　空ちゃんは昔から、泣いてる人に寄り添える子やったやろ？　みんなの笑顔のために動ける子やったやろ？　なんでお母さんに、一番寄り添わなあかんこのときに、お爺ちゃんの命日より大事な仕事なんかあるかいな」

おばちゃんは、いつのまにか鬼の顔から、優しい駄菓子屋の時の顔に戻っていた。優しい口調に合わせるように、弱々しくなり、肩を震わせている。

「ごめんなさい」

精一杯の、空の言葉だった。

「空ちゃんも、辛いやろう思って。言うんやめてたけどね。おばちゃん、空ちゃんがお爺ちゃんの最後の花火を観にこなかったのも、いつか引っ叩《ぱた》いたろう思ってたよ」

「それは、爺ちゃんも来るなって言うてたから」

「なっ、ほな、お爺ちゃんもまとめて引っ叩いたるよ！　あのね、大切な人との時間を選択するのに、理由なんかないでしょう？　今の空ちゃんがいるのは、空ちゃんに愛情持って育ててくれたお父さんと、お爺ちゃんとお母さんのおかげでしょ？　なんでその人との時間を大切にしないのよ！」

「爺ちゃんに、ＹｏｕＴｕｂｅ、まだ応援してもらえてなかったから、応援してもらえるように頑張ろうと思って、だから観に行くより、仕事を頑張った方が良いのか……」

バチン！

3発目だ。

さっきの2発より綺麗に入ったのか、痛みはあまりなかった。

「大馬鹿やね空ちゃんは。お爺ちゃんがＹｏｕＴｕｂｅ応援してないって、ほんまにそう思ってたの？　私ら大変やったんよ？　お爺ちゃんに、空には言うなって言われたから内緒やったけどね。空ちゃんがＹｏｕＴｕｂｅやる言うて帰った次の日から、お爺ちゃんＹｏｕＴｕｂｅの見方とか勉強してね、翌月には町中回って全員に〝空がＹｏｕＴｕｂｅ頑張りよるから、動画見てくれ〟って。挨拶して回ってたんよ」

おばちゃんの言葉は、空の心にすぐに届いた。

「新しい動画が出たら、どうやった？　って聞いてくるから、みんな見たフリもできひんくて、忙しいわぁ～言うてね。町の人みんなや！　おばちゃんの駄菓子屋の手すりとかもね、ほんまはついでで、これつけるからＷｉ－Ｆｉいうのもついでにつけるで～言われて、おばちゃんよう分からんけどそれないと動画しっかり見られへんらしいから。足腰なんか弱ってないのに手すりやらスロープやらつけられて。でもみんなね、嬉しかったよ。空ちゃんの頑張りを町のみんなで応援できて。誰よりも、お爺ちゃんがずっと応援してたんよ」

帰省した時に、町のみんなと久々に会った感覚がなかったのは、みんなが自分のことを見てくれていたからだと知った。爺ちゃんの応援が嬉しい気持ちと、何も返せなかった自分への苛立ちが込み上げる。今、言葉を出してしまうと、情けなく、弱い自分が出てきてしまいそうになる。

「空ちゃん。いっぺん帰りなさい。お母さんに会いなさい」

空は、言葉で返す代わりに、顔を隠すように頷いた。

※

玄関扉を開けると、奥からドタバタと音がして、約1年ぶりに会う母親が出迎えてくれた。「はぁ⁉ なに急に！ だから帰ってくるなら連絡しなさいよコーラくらい買っとくのに！ また暑い時にアンタは……。汗だくやないの！ 駄菓子屋のおばちゃんは何の用事やったの？ 旅行のついで？」

いつもと変わらない母親だった。

「いや、ちょっと休みできたから帰ってきただけや。おばちゃんは、普通に会いに来てくれただけ」

「あ、そう。麦茶飲んでシャワー浴びなさい。汗疹《あせも》出るから」

いつものように急かされながら浴室に入る。駄菓子屋のおばちゃんがあれほど激怒していたものだから、母親はひどく落ち込んでいるのかと思っていたので、少し安心した。シャワーから出ると、また着替えの用意を忘れていたことに気づく。というより、いつも母親が急かしすぎているせいだと思う。脱衣所にも、下着はなかった。腰にタオルを巻いて自分の部屋まで下着を取りに行く。廊下から、リビングでテレビを見ている母親の横顔を見ると、駄菓子屋のおばちゃんが怒る理由が分かる気がした。

「最近は？　どうしてるん？」

パンツとTシャツ姿で、髪の毛をバスタオルで拭きながら話しかける。

母親は空に気づくと、「あぁ。あ！　ごめんパンツとか忘れてたな」と言い、テレビを消した。

「いや、ええよ。子供やないんやから」

「うん。そうやね。お母さんは普通にしてるよ。パートもやっとるし。アンタこそ、ちゃんとご飯食べてるんかいな。なんや、マッチョ感減ってきてない？」

「運動全くしてないからな。太ったわ」

日雇いバイトもしていないので、お腹には脂肪がついていた。

「ご飯は食べれてるいうことやね」

「うん。仕事は忙しいけど、楽しいよ」

「それなら良かった」

首を振っていた扇風機が「ギギギ」と音を立て、回らなくなる。

「またや。最近もうあかんわこれ」

母親はそう言いながら、立ち上がりはせずに、畳の上を目一杯体を伸ばして停止ボタンを押した。もう一度始動ボタンを押すと、扇風機は再びスムーズに首を振った。空も、扇風機の風が届く可動域内に座り込む。

「どうやった？　爺ちゃんの花火」

「ん？」

「最後の爺ちゃんの花火」

「めちゃくちゃ綺麗やったよ」

「そうか。まあ、そうよね」

「動画撮ってるよ」

「え!?　マジ？　怒らんかったの？」

「うん。なんか最後だから良いって」

「なんやそれ。見せてよ」

「はい。待ってね」

母親は台所からスマホを持ってきて、動画を開いて見せてくれた。

毎年花火会場になっている河川敷にて、大勢の人がその瞬間を待つ。老若男女全ての人の声が、まとまった一つの〝花火大会の音〟になっている。その音と対話するかのように、小さな子供たちの甲高い声だけが、誰かの声として認識できる。

　1発目の花火が上がった。オレンジに光る割物の花火。同時に、たくさんの声が響く。その後も、30分間花火は上がり続けた。爺ちゃんにとっての最後の花火は、決して特別な物ではなく、空が毎年観てきた花火と何一つ変わらなかった。フィナーレではスターマインという、たくさんの花火が連続的に打ち上げられた。葉落《ようらく》や柳のように、垂れ下がりながら落ちる花火が空一面に光を敷いて、消えていく光に逆らうように、人の声は大きく盛り上がっていた。空の目に、爺ちゃん最後の花火はしっかりと映っていた。綺麗だった。

「ありがとう」

　スマホを返そうとするが、母親は奥の台所で夕飯の支度をしていた。

「ありがとう！」

「なに⁉」

「ありがとう！　動画！　見た！」

「あ、はーい。置いといて。あ、せや！」

　菜箸を持ったまま、リビングへ来る。

「あの、その動画ね、せっかくやしYouTubeにアップしようかなって思ったんよ」

「え？　めっちゃいいやん」

「そうやろー？　お母さんやり方分からへんし、アンタアップしてよ」

「あ、うん。分かった。アカウントはあるの？」

「お母さんのやつでいいから。お母さん天ぷらしてるから今、よろしく」

そう言ってまた、台所に戻っていった。

母親のスマホを操作して、ＹｏｕＴｕｂｅを開く。アカウント選択をタップすると、目を疑うようなアカウント名が表示された。

「え？」

〝真っ直ぐフォーク〟

「いやいや」と小さな声が出る。

「オカン！」

「ちょっとだから天ぷらしてるて！」

「いや、こ……オカン！　俺の生配信とか、ＳＮＳでメッセージのやり取りとかしたことある⁉」

はっきりと大きな声を出したが、聞こえてくるのは天ぷらを揚げている音だけだ。

「オカン！」

「何で分かったのよ」

「いやこれ、名前、真っ直ぐフォークて」

「アンタ名前まで見んといてよぉ！」

「いや、アカウント押したら名前出るんよ」

「あーそうなん。ごめん、ごめん。ええやないのお母さんだって一人のファンなんですぅ！」

「なんで真っ直ぐフォークで来んねん」

「そら私の名前にしたらアンタ、ファンとして対応してくれへんやないの」

「いや、そうやけど……。これ名前の由来なに？」

「由来とか別にないよ。真っ直ぐフォークて、おもろいやないの。パスタとか食べづらいんやで」

「……。そっちかよ」

スマホに目を戻し、アカウントをタップすると、アカウントには既に、ズラリと動画がアップロードされていた。

YouTubeの動画アップロードには3つの設定がある。1つ目は「公開投稿」。空たちが行っている普通のアップロード。2つ目は「限定公開投稿」。こちらは動画のURLからのみ、視聴できる方法で、一般的に世間への公開はされない。3つ目は「非公開投稿」。主に公開する前のアップロード段階でこの投稿を使ったりするのだが、この非公開投稿では世間への公開もされず、アカウントにログインしなければ視聴することすらできない。この〝真っ直ぐフォーク〟のアカウントには、非公開投稿の動画が10本以上アップされていた。サムネイルには、空の爺ちゃんが映っている。

手が小さく震えた。「オカン！」先ほどよりも大きな声で叫ぶ。「何よ！　今からオクラやからほんまにやばいって！」

「これ、爺ちゃんYouTubeに動画アップしてるの!?」

「はぁ!?」

また菜箸を持ったまま、リビングへ来る。さっきよりも菜箸の先端に衣がついていた。

「どういうこと？」

「いやこれ、非公開になってるけど、爺ちゃんが動画出してるよ」

母親もスマホを覗き込む。

「知らんよ。なに？」

「このアカウント、爺ちゃんも使ってたの？」

「空のYouTube見るのにね。お爺ちゃんスマホないから。ちょ、お母さん天ぷら揚げ切ってまうから、後で見せて」

「分かった」

空はそのまま、一番上の動画をタップした。

空自身も、何度も行ったことのある高台にある火薬倉庫の中で、爺ちゃんがスマホを台の上に立てかけている。少し引いてから、座り込み話しはじめた。

「えー、本日はですね、半割物、万華鏡の花火になります。このように、星をですね、指で掬《すく》ってくるみます……」

おそらく、手元で花火玉の制作をしているのだと思うが、カメラの下で見切れていて見えていない。その他の動画も冒頭だけ見てみると、どれも花火の作り方について説明している動画のようだった。何本目かの動画では「みなさんからの言葉が見られないのですが、分かる方がいれば教えて欲しいです」と言っていたことから、本人は非公開ではなく、世間に公開しているつもりで動画を出していたのだろう。ここでの爺ちゃんは、空が知っている爺ちゃんより流暢に喋る。仕事で人と話すときの爺ちゃんの姿なのだろうか。各動画は約5分前後と表示されているが、一番下の動画だけ〝12分〟と、少し長めに撮影されていた。YouTubeの動画表示は最新動画が一番上に来るようになっている。

この12分の動画が、爺ちゃんがアップロードした最初の動画だ。

タップすると、火薬倉庫の天井と、爺ちゃんの顎がチラチラ見えている。画面酔いするほどの不器用な画角が数十秒間続き、ようやくカメラをどこかに立てかけた。爺ちゃんは引きになって「見えてますかぁ」と、手を振った。「あぁ、分からん、これはみなさんの、あの、言葉はどうやって見れば良いのでしょうか」

生配信と間違えているのだろうか。

「えーっと、本日より、えー、YouTubeの方をはじめようと思います。はは、えー、なにを言うたらええんや。はは」

見てるこちらが恥ずかしくなるほどのおぼつかないトークで、要所、要所は照れ臭くなって笑っている。

「えー、花火職人の川上《かわかみ》豊です」

ここのセリフだけは、スラッとキマっていた。

「私には、孫がいるのですが、孫がYouTubeを頑張っておりまして、応援しています」

空のことだ。爺ちゃんの顔で、爺ちゃんの声で、「応援しています」という言葉に、心が揺れ、目の奥が熱くなる。

「孫にですね、とある言葉を贈りました。〝挑戦という言葉は、持続性のある状態のことではなくて、単発的な行動のことだ〟。まあ要するに、一度や二度の挑戦でやり切った顔すんないうことですわな。これは、私の娘婿であり、孫の父親でもある、聡《さとし》っちゅう男の言葉です。えー、孫に言うたからには、自分も、いうことで、孫と同じYouTubeをやってみることにしました！　不慣れではありますが、よろしく、お願いします」

深々と頭を下げる爺ちゃんの後頭部は、カメラ下に見切れていた。そもそも、上の方に余白がありすぎる。もう少し角度を下げて撮るべきだ。

「あとは、えー、あ！　YouTubeでは、花火のことについて、色々と話していきます」そう告げると、倉庫の中をキョロキョロと見回しはじめた。まだ何か言うべきなのか、迷っているのが分かる。爺ちゃんは、慣れないスマホを使って、はじめてのYouTubeに挑戦している。こんなにも、空の夢を真っ直ぐに応援してくれている。ずっと目を背けてきたのは自分の方だ。小さい頃からずっと、真っ直ぐすぎる爺ちゃんの応援から目を背けてきた。

できることなら、真っ直ぐ伝えたかった。本気でやっていると。そして、爺ちゃんの花火が大好きだと。伝えきれなかった後悔だけが、強く胸を支配する。声にならない声が漏れる。視界がボヤけて見えなくなって、せめてこの動画くらいは爺ちゃんを真っ直ぐ見ていようと、目元を拭った。

爺ちゃんは立ち上がり、スマホを持とうとするが、やっぱりやめて、また座る。

「あー、これは、空も見えとるんか？　分からんけども」

爺ちゃんが、自分に話しかけている。

「あの、そ、空～」

照れくさそうに手を振って、真顔に戻る。

「あ、あれやの。１００キロ走るやつ、あれ面白いの」

爺ちゃんが、笑ってくれた。

「あとほんで、空、花火、観にくるな言うてごめんな～」

空がよく知る、優しい爺ちゃんの声だ。

「爺ちゃんな、ＹｏｕＴｕｂｅのこと全く分からんから。空がＹｏｕＴｕｂｅやる言うても、どないして力になったらええんか、分からんかったんや。サッカーまでならなんとなく分かるけども、弁護士やら、ＹｏｕＴｕｂｅやらは、分からんから。怒るような形になってしもうて、ごめんで」

お願いだから、謝らないで欲しい。

「花火職人なる言うなら、そばで厳しく教えることできたんやけどな。はは」

また、優しく笑っている。

「せやけど、爺ちゃんが分からんことを空がやる言うなら、空は自分で見つけなあかん。

嬉しいことも辛いことも、尊敬する人も、尊敬してくれる人にかけてやる言葉も、学ぶべき人も、心強い仲間も、目標も、その仕事を貫く覚悟も。全部空が自分で経験するしかないんよ。だから、ごめんな。厳しい爺ちゃんかもしれんけど、すぐ戻ってこれるような場所があったらいけんと思ってしもうた。ほんまに、ごめん」

また深々と、謝った。今度は長く、頭を下げた。画面には爺ちゃんの背中が下の方に薄く映っているだけだ。だから、カメラの角度を下に向けて撮らないけんて。ほんで、何度も謝らんでくれ。何度謝られても、もうこっちは謝ることできんのや。もうこっちは、撤回することもできんのや。爺ちゃんの花火が大好きだって、言うこともできんのや。過去を握り潰しながら、震える手で何度も自分の足を叩いた。伝わらない気持ちの代わりに、過去の自分を責めることしかできなかった。強く、夢に向かってただ強く生きると決めたのに。また情けなく、弱くなってしまっている。

爺ちゃんが顔を上げた。立ち上がり、またスマホを取ろうとする。スマホを持ち上げ、また床や天井と、画面がグラングラン揺れる。数秒して、思いついたようにまたカメラを自分に向けた。

「あ、ほんで空。また説教言うてごめんやけど、人前でな、酒飲んでビービー泣くな。酒飲んだときこそ、シャキッとせぇ。まぁ、花火綺麗言うてくれたのは嬉しいけども」

そう言って、カメラは切られていた。すぐに動画公開日を見てから、空がはじめて夢を語った生配信の日程をスマホで確認する。

「翌日や」空が生配信で、夢と、爺ちゃんへの想いを語った日の翌日に、爺ちゃんはYouTubeを撮っていた。

右後ろでは、いつの間にか母親も座ってスマホを一緒に覗き込んでいる。ずるずると鼻水を啜《すす》りながら泣いていて、空と目が合うと、「うわぁん」と、子供みたいに声を上げて泣いた。

「母さん。母さんが、真っ直ぐフォークでコメントしたのっていつが最後?」

「お母さん?　最後にコメントしたの、もう3年前とかやね」

今だけは、酒は飲んでないし、これで最後にするからと、爺ちゃんに心で謝りながら、母と一緒に、声を上げて泣いてしまった。あの日の真っ直ぐフォークは、爺ちゃんなんだ。空の爺ちゃんへの想いは、あの時、画面を通して伝わっていた。最後に、YouTubeで会話ができていた。

※

広くて緩い坂を下ると、天然の芝生が広がる。右側には崖のような壁が切り立っていて、その上から足をぶら下げながら、遅くまで喋った学生時代を思い出す。左を見ると、浅くて緩やかな川が流れている。

毎年の、花火大会の会場だ。

「空がここではじめて三輪車乗る練習したの覚えてる？」

母親が嬉しそうに話す。

「覚えとらんよ」

「何でよ～。あんた怖いから乗りたくない言うて、お爺ちゃんが逃げるな！　言うて怒ってたんよ。それをお母さんとお父さんがね、そこのベンチに座って笑いながら見てた」

「いや、助けろや」

「はっは！」

母親は、手を叩いて、大笑いしている。

「乗れたん？」

「ん？」

「乗れたんか？　三輪車。お父さんの前で」

母は優しい表情で「うん。乗れたよー」と言っている。嘘かも知れないが、どっちでも良い気がした。

「お父さん。どんな人やったん?」

「んー、優しい人よ」

「それは分かってる」

「分かってるんか」

「分かるよ。なんとなく」

母親は、父親と座っていたというベンチに腰掛けた。

「お母さんのお腹の中にね、空を授かった直後に、重い病気になったの。お医者さんにも、余命1年って言われて。空の顔を見られるかどうかギリギリです、って。それでもお父さんね、力強く生きて、空の3歳の誕生日も一緒にお祝いしたんよ。かっこいい人やったで。その頃ね、お爺ちゃんの煙火事務所が倒産寸前やってね、そしたらお父さんが、経営は僕がやります。立て直すから、お父さんは、あ、お爺ちゃんのことね」

「うん。分かるよ」

「お父さんは花火に集中してください、って。お爺ちゃんはさ、病気なんやから、残り少ない時間を空と過ごせって言うたんやけど、残り少ない時間やからこそ、挑み続ける父ちゃんを見せ続けたいんです、って、そのおかげで、いまだに花火大会に呼ばれる会社になってるんよ」

　病気や経営の話を聞いたことはあったが、ここまで詳しく父親の話を聞くのははじめてだった。

「お父さんも、お爺ちゃんもね、必死やったんよ。空に、少しでもかっこいい姿を見せようと、必死やったんよ。分かってあげてね」

「うん。分かってる」

　夏の音がする。川のせせらぎ、蟬の声、遠くに走る自動車、向かい側の子供たちがはしゃいでいる。

「お母さん」

「なに？」

「ありがとうね。育ててくれて」

「なによ」

「言わなあかんのよ。言わなあかん」

「はーいっ」

「今度は俺が、見せなあかんな」

「なにを？」

「かっこいい姿」

「ふふ。もうカッコええよ、空は」

「まだまだや。もっともっと」

帰り道に、駄菓子屋に寄った。おばちゃんは、また変わらぬ笑顔で迎えてくれた。

「オカン。これ食うたことある？　爆麺」

「ん？　ない」

「爺ちゃんがさ、花火教えてくれた日はいつもこっそり買ってくれてん。仕事の後は飯や、って言うてた。晩御飯食べれへんくなるから、俺は2口だけやったけど」

「へー」

「買って帰ろか。一緒に食べようや」

爆麺と、缶ジュースを買う。おばちゃんは「ジュースはタダでええ」と言ったが、「払わせてよ」と言って、空が出した。

小さい頃に、爺ちゃんと食べてきた爆麺を、雄也とずっと食べていた爆麺を、母親と食べる。これからも、大切な人ができたら一緒に食べたいなと思った。

母親は一口食べて「マズっ。あといらんわ」と言った。

※

9月8日：空に雄也「夢と幸せの話をしよう」

美しい破裂音が、画面越しに伝わる。それを美しいと感じさせているのは、きっと、破裂音と共に湧き立つ、人々の歓声だろう。動画中央に映る男性は、振り向くように花火の方を見ていた。カメラに気がつき、嘘くさく慌てた演技をする。

「おっと！　はじまっていた？　空です！　なに？　浮かない顔して。夏がもうすぐ終わるのに、夏っぽいことできなくて落ち込んでるのか？　今日は、夢と幸せの話をしよう」

空が発しているのは、英語だった。決して上手いとは言えない発音に、日本語で字幕が付けられている。空はそのまま、笑顔と笑い声でひしめき合う羽斗の花火大会会場を、スマホカメラを持って歩き出した。

「ついこないだの話だ。1人の大学生に質問をされた。〝夢は追いかけるべきでしょうか〟。もちろん！　追いかけるべきだ！　夢は素晴らしい！　みんな夢を持とう！　夢を叶えるために！　生きていこう！　そうすれば、きっと幸せになれる……。とは、言えなかった。だってそうじゃないか？　夢が大きければ大きいほど、叶わない確率の方が高くなる。夢が叶わないってのは、すぐに諦められたら大したことないけど、諦めきれずにズルズル夢を追いかけると、いわゆる〝普通の幸せ〟は遠くへ行ってしまう。プロ野球選手や宇宙飛行士、YouTuber！　夢を追いかけても、実力がない奴には1円も入ってこない。好きな人や家族には逃げられてしまうかも知れないな。もしかしたら、夢を追う選択をすることによって、大切な人と疎遠になってしまうかも知れない。それが夢だ。普通の幸せをドブに捨てる覚悟。大切な人との時間を捨てる覚悟。それがあるなら、それでも叶えたい！　と思うなら、夢を追えばいいと思う。だから、質問をくれた大学生へ、もう一度答えよう。君の勝手だが、夢追い人は幸せにはなれない」

空はあえて、少しの間を置いた。

「なんて意見は、俺はクソ喰らえだと思っている。なんだそれは？　キャパシティが足りてない奴の言い訳じゃないか。普通の幸せをドブに捨てる覚悟？　大切な人との時間を捨てる覚悟？　そんな覚悟持たないと叶えられない夢なら、最初からセンスが足りてない！あー、ここで言うセンスっていうのは、あれだ、違うな。生まれつきのものじゃなくて、その、パッション！　パッションだ！　パッションが足りてない。かな。もっと言うと、覚悟が足りてないだろ？　普通の幸せも、大切な人との時間も、人生に必要に決まってんだろ！　何を馬鹿なことを言ってるんだ！　そんなもん、全部背負って夢を追えよ！　最初からなに白旗あげてんだ。ねちねち考えてる時間があるなら、大切な人に会いに行け！

会話をしろよ！　どっかで聞いたことあるだろ。偉い人が言ってた。なんだ？　あのー、〝夢は見るものじゃない。叶えるものだ〟って言葉。かっこいいね。めちゃくちゃかっこいい。うん。だけど、すみません偉い人」

　どこかに向けて、ぺこりと頭を下げる。

「勝手に決めんな。どーせ叶ってからの後付けだろ？　卑怯者め。あ、言い過ぎてるな。すみません。でも！　これだけは言える！　叶わない夢にも価値はある。俺が思う夢とはこうだ。〝夢は見るものでも、叶えるものでもない。共有するものだ〟。夢は、人と一緒に、楽しむものなんだよ。例えば！　プロ野球選手になりたい！　って思った少年はなんでプロ野球選手になりたいと思う？　ある日急に？　そんな気がしたのか？　違うだろ。かっこいいプロ野球選手を見たからだ。エンターテイナーになりたいと思った少年は、かっこいいエンターテイナーを見たからだ。世界一のコメディアンを見て、コメディアンっぽく髭を生やす奴までいる！　夢ってのは、伝染する。人と人の繋がりこそ、夢なんだ。分かるか？　何が言いたいかって言うと……」

　空は一度勢いを落とし、カメラから目線を外し、花火を眺めた。大きくて綺麗な花火を観て、笑顔になった。

「俺は去年、最愛の祖父を亡くした。怖くて厳しいけど、優しい爺ちゃんだった。ちょっとしたことで喧嘩してな、仕事を言い訳に爺ちゃんと向き合うことから逃げて、ろくな会話もできないまま終わっったよ……」

皮肉にも花火はクライマックスを迎え、会場からは幸せな声があがる。

「君にとっての大切な人は、まだ会える距離にいるんだろ？　だったら、何で会いに行かない！　なんで、感謝の言葉を伝えない？　そうだろ⁉　あ、雄也！　いつもありがとうな！」

突然、カメラにヒョコッと雄也が映り込んだ。

「おう！　俺もありがとう！」

2人はガッチリ手を組んだ。

「なんで、手を握りに行かない？　言ったろ？　夢は、繋がりだ！　手を握れる内に、握りに行け！　いつかとかじゃなくて！　今！　今すぐだ！　じゃないと、本当に後悔するぞ。君にとっての夢が、大切な人との幸せを感じるツールになることを、応援している。もう一度質問に答えよう！　学生よ！　夢を追え！　夢追い人は、幸せになれる！」

最後の花火の連打音が鳴り響いていた。歓声は、空に届くように、花火のように打ち上がっていた。

「簡単に言うな？　証拠を見せろってか？　はは。俺が証拠だ。父親と爺ちゃんが夢追い人だった。でも、とてつもなく幸せだ。それでも、まだ疑う！　ってやつがいるなら、10月9日の夜19時、この場所、羽斗の河川敷に来てくれ。俺と雄也が花火を打ち上げる。毎日辛い人も、泣いてる人も、良いことがなかった人も、みんなまとめて、俺たちが笑顔にしてやる。心配するな。花火に関しては、俺には天才の血が流れてる。あーいや、それよりも、俺には雄也がいる。何度も言うぞ。会える内に会おう。待っている。あ、それと！　5日前にこの動画を思いついたから、英語の発音は変かもしれない！　それはごめん！」

動画は最初から最後まで下手くそな英語と、日本語字幕しか付いていないが、動画説明欄には日本語を除く、31か国語の言語で本文が記載されていた。世界の全言語を載せようとしたけど、調べたら7000くらいあって。それはまた、別の日にやることにした。

※

広くて大きな山の隙間から、火照った身体を冷ます風が吹いてくる。

「はい！　すみません。なので、やっぱり海外向けの方も、変わらず注力していくことにします」

「そうか！　分かった。アンバサダーは、俺が何とかしてみせるよ！　とりあえず、2人は自分たちが面白いと思うことをしてくれたら良いから！　あと今日、仕事で行けなくてごめん！　移動中に、配信は見ておくから！」

そう言って、藤峰さんは電話を切った。ロッキマグとのコラボも断り、急激に日本向けチャンネルの投稿が減ったことで「架空プラネタリウム」のアンバサダーは遠のいたかもしれない。それでも、空と雄也は夢が遠くなっている気がしなかった。

夢は、ここに集まっている。

河川敷の方を振り返ると、空と雄也の花火を観に、たくさんの視聴者が駆けつけてくれていた。

「笑われた夢と思えへんくらい集まったな」と雄也が笑いながら言った。

「笑われてないやろ」

「え？」

「あの頃からずっとさぁ！」

「うん」

「めっちゃウケてたな。俺らの夢」

そう笑顔で言った空に、雄也も笑顔で応えた。

遠くから「福嶋くん！」と声を出して人が走ってきた。

「あ、杉野さん。どんな感じですか？」

「杉山ね！　完璧！　マイクも繋がってるから、あとは2人のタイミングで！」

杉山は、ひとまず何でもやる何でも屋のような事業をはじめたらしい。空のSNSに連絡が来たので、このイベントの主催をお願いした。イベントをする会場への許可取りから、当日の運営などもまとめて行ってくれた。

「ありがとうございます！　杉山さんも、楽しんでってくださいね」

「ありがとう！　あ、そこ入らないでねー！」

活き活きと走って行く後ろ姿が、なんか可愛い。

「空ー！」

声の方を振り向くと、美咲と蓮と、絵梨花がいた。

「おー！　来てくれたの⁉　入っていいよ！」と言い、コーンの中に招く。

絵梨花と美咲からは「ご飯に行こうよ」と、蓮からも「YouTube教えてくれ」と連絡が来たので、まとめて「みんな花火観に来てよ！」と誘った。

「ありがとう！　来てくれて！」

「ううん！　誘ってくれて嬉しい！」

絵梨花が答える。

「秀一は？　来れんかったの？」

「なんか、俺はいい、ってしょうもないプライドよね。別れて正解」美咲が顔を歪《ゆが》ませて、ディスっていた。

「でも、配信は見るって言うてたよ」

蓮が言った。

「そうか！　嬉しいな！」

空は笑顔で返す。

「空、俺と秀一は2人でもっかい一からYouTube頑張ることにしたわ。コツコツ借金も返さなあかんし」蓮の顔は、真剣だった。

「おう。あ、あっこの裏にある駄菓子屋と、大学近くのスーパーにしかない、爆麺ってカップ焼きそば。めちゃくちゃ量多いから金ないとき、ええで」

「うわぁ！　まじ助かるぅ！　そーゆーの！」

蓮の心からの叫びに、美咲も絵梨花も、空も笑っていた。

「ほんまにYouTube本気でやるから、なんかアドバイスない？」

「んー、視聴者さんとコミュニケーション取ることかな。俺ら、はじめた頃から今まで、毎朝俺か雄也が日替わりで1時間SNSで返信してるよ」

「マジ⁉　今も⁉」と、蓮はいきなり度肝を抜かれた顔をしていた。

「ははは。今も今も。どうしても仕事がある時以外はやってるよ。ありがたいことに視聴者さん増えたから、全然みんなには返せてないけどな」

空が笑顔で応えると、絵梨花と美咲が「すご〜」と、小さな拍手をしながら言っていた。

「あ、でもさー、なんであの動画英語やったん⁉」

美咲の言葉に、絵梨花も「それは思った！」と言い、蓮も「ええこと言うてたのにちょっともったいなかったよな！」と続く。

「うんうん。なんか、日本語でビシッて言って欲しかった！　あーゆー、語る系は、日本語にするべきやろ！」

美咲の主張に対し、空は「次は日本語でも英語でもない言語かな」と笑って言った。

「えー！」と納得いかないように美咲は拗《す》ねていた。

「空！　時間やぞ！」

後ろから雄也の声がして、「あ、行く！　じゃ、楽しんでってな！」

「うん！　あー、雄也くん〜！」と、美咲は雄也にも手を振った。

雄也も気づいて、遠くから「楽しんでってー！」と手を振った。

雄也のもとに駆け寄る。

「よし、いくか雄也」

「おう。あ、てか、ウソノヒトの投稿見た？　ＳＮＳの方」

「え？」

ウソノヒトのＳＮＳアカウントを見ると、〝今日は久々に休みをとっています〟という文章に、子供と奥さんのような人の後ろ姿の写真が添えられていた。

「え⁉　待って！　嘘やろ！　てか、これ、ここちゃうん？」

「思った」雄也は笑う。

投稿の写真の場所は、この河川敷と似ていた。

「連絡せえよな！　改造人間め。あ！　ほんで見たで。キャッチコピー！」

「あー！」

ウェブ掲載のインタビューに載せるキャッチコピーは〝エンタメ職人〟にした。

「ダサいけど、わざとよな」

「そうじゃ！」と、笑って雄也の背中を叩く。

「職人って、どういう人のことを指すの？」

「知らんけど、俺の解釈は〝誰に言われても自分の拘りを貫く頑固野郎〟かな」

「ほう。え、空の爺ちゃんは？」

「花火、写真も動画も最後以外は禁止やったから」

「あー、理由分からんままか」

「なんとなく分かったけど」

「え、なに?」

「子供の頃、職業講座みたいなので、爺ちゃんが学校の講師として来たことあったんよ。その時に〝仕事とは、周りの人との約束を守ることだ〟って言ってて、西川って奴が花火職人の約束は何ですか? って聞いてたんよ」

「うん」

「そしたら、〝職人によって違うけど、ワシは毎年集まる理由を作ること〟って」

「へえ。なんか思ってたんとちゃうな」

「やろ? クラスではスベったわ」

「福嶋くん! ちょ! 開始時間! 開始時間!」

空の言葉を遮るくらいの勢いで、運営の杉山が急かすように叫んでいた。

「あ、行くか」

そのまま2人で、会場の真ん中に行く。観客から歓声が湧いた。

マイクを握る。

「どうも！　空です！」

「雄也です！」

拍手が響く。

「えー、本日はお忙しい中、花火大会にお集まりいただきありがとうございます。動画で偉そうに、天才の血を引いてるとか言ってたんですけど、なんか本格的な打ち上げ花火はそもそもガッツリめの免許いるの忘れてました。なので、市販のやつで許してください！」

会場からは「おいー！」という優しいブーイングが飛ぶ。雄也が「まあでも、市販の中ではグレード高いやつかき集めてきたから！」と笑いながら言った。

雄也と2人で、関西中の店で市販の打ち上げ花火をかき集めた。雄也が何故か「丸いやつがええ」と言って、綺麗に丸みを帯びて広がる花火を中心に集めた。

「まあ、そんな小さいことは置いといて！　今日は思う存分、楽しんでってください！」

また観客からの拍手が湧く。

「あ！　空さん！　空さん！」と叫んでいるのは、昔一度「友達とドライブする時に助手席に知らない男が乗っていたらいつツッコむのか？」という企画で、知らない男として出演した、アイツだ。アイツはどうやら本当に直前で雄也と電車で意気投合しただけの奴だったらしい。そのあと特に連絡は取っていなかったが、なんか毎日暇らしいのでマネージャーにした。ちなみに年も2つ下だった。

「何?」

「生配信、同時接続20万人達成です! トレンド4位!」

会場からは「おぉぉおぉ」と、地響きのような歓声が起きた。

空は、「20万人か! まあまあやな。この花火は、いずれ同時に80億人に視聴される花火です! 俺と雄也が、空を見上げたらエンタメが見れるように、宇宙に花火を打ち上げます! 誰の事も諦めない、世界の全員を笑顔にしてみせます!」

先ほどの歓声が、地響きと呼ぶには物足りなかったと思えるくらい、本当の地響きのような大歓声が起きた。「お前らならいける!」「ヒューヒュー!」「お母さん! いた! 侍の人たち!」「よかったねー!」「シッカリガンバランカイ!」「さすが空と雄也!」至る所で、声が飛び交う。

「さぁ、そろそろいきましょうか。今が辛い人も、暗い人も、すでに幸せな人も、大切な人に会えなくなってしまった人も、大切な人の手を握りしめている人も、夢を追っている人も、夢を応援している人も、夢破れた人も! 全員、笑顔になっちゃってください! 行きます! 10! 9! 8!」

7から徐々に声が重なり、たくさんの声で3! 2! 1! とカウントダウンがされた。0に少し遅れて、1つめの、市販にしては最大規模の丸い花火が上がった。会場からは、まばらな拍手が送られる。

どんどん行こうとする空を雄也は一度制して、マイクを握りしめた。空の方を真っ直ぐ見てから、また空を見上げて言った。

「花火ってのは、球体です！　球体ってことは、どこから見ても丸く見えます！　きっと、今、空の上にいる人からも、綺麗に見えていることでしょう」

あとがき

家族や親友からの応援を、一つ残らず明確に覚えている人はいるだろうか。
「何日前に父親に頑張れよ、と言ってもらったなぁ」「母親はいつも実家を出るとき〝気をつけて、頑張って〟を言ってくれるなぁ」とか、親友と長電話した後、切り際の「仕事頑張れ〜」とかを、心から噛み締めて、翌日の朝にも思い出している人は、いるだろうか。仕事中にもふと頭をよぎって、微笑んでいる人はいるだろうか。このような経験をした人は、おそらく、限りなく少ないだろう。

一方で、好きでも嫌いでもない奴からの「ダサッ」「おもんね」「ブス」は、心にこびりついて離れない。翌日の朝起きた後に思い出したり、仕事中や勉強中にもふと頭をよぎったりして落ち込む人は、少なくない。

SNSクリエイターという仕事はまさに、好きでも嫌いでもない奴からの批判が日常茶飯事で、心の病気にかかった友人や知り合いが、多すぎた。「あんなに元気だった奴が」家を出ることに怯えてしまう。闘えなくなるクリエイターがたくさんいた。「夢を追うべきだ」という、どこかの誰かが言った言葉を信じて駆け抜けた友人たちが、心から疲弊しきっていた。その頃から「夢を追うことは正しい」という表現に、違和感を持つようになりました。

どうして人は、大切な人からの応援よりも、好きでも嫌いでもない奴からの批判を思い出し、深く心に留めてしまうのだろうか。

悲しい現実だけど、「愛ある言葉」は「攻撃の言葉」に勝てない。数じゃ太刀打ちできない。100：1の割合でも、「攻撃の言葉」に人の心は侵されてしまう。

こんなのもう、勝てっこない。夢なんか追っても、しんどいだけじゃないか。

それでも、諦めてほしくない。

「少しでも、大切な人からの声に気づいてほしい。噛み締めてほしい」

そんなきっかけとなる作品を作りたいと思って、この小説のストーリーを考えました。

主人公の空が出した答えこそが正解だと主張するつもりはありません。それでも、せっかく生きてるんだから、自分を愛してくれる人を大切にしていきたいですね。自分を愛してくれる人と、夢を見たいですね。

今、SNSを軸とするインターネットのコミュニティ業界は、日々、誰かへの罵詈雑言が飛び交う危険地帯となっています。法律の整備も追いつかない、取り締まるには多すぎる批判の数に、ただ心が蝕まれていく。そんな毎日に、必死で涙を堪えることしかできない活動者で溢れています。ここを主戦場としている1人のクリエイターとして、この本が、何か少しでも、この業界が変わるきっかけになれば幸いです。

全ての夢追い人と、応援する人たちの心が、真っ直ぐ、純粋に行き交うことを願っています。

2024年1月吉日　松井　尚斗

松井 尚斗 まつい なおと

1996年5月22日生まれ。大阪出身。

チャンネル登録者数180万人超え（2024年1月現在）の人気 YouTube「あめんぼぷらす」のおまつとして活躍。自身が配信するYouTubeコンテンツでは作家・構成を担当するだけでなく、人気キャラクターの監督役としても出演。コミック『だるい野球部はサボりたい　背番号よりオフをくれ！』では原作も手掛けている。
※YouTube　あめんぼぷらす　　※Instagram　@omatsuyade_n

宇《う》宙《ちゅう》に花火《はなび》を。

2024年 2月16日　初版発行
2024年 4月 5日　3版発行

著　者　松井尚斗《まついなおと》

発行者　山下直久

発　行　株式会社 KADOKAWA
〒102-8177
東京都千代田区富士見 2-13-3
電話：0570-002-301（ナビダイヤル）

印刷所　TOPPAN株式会社

製本所　TOPPAN株式会社